长江文明之旅

文学艺术篇

/科技部推荐优秀科普图书/

古典诗词

总顾问　冯天瑜　钮新强
总主编　刘玉堂　王玉德

楚兰　荆荃　著

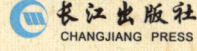

上海科学技术文献出版社
Shanghai Scientific and Technological Literature Press

长江出版社
CHANGJIANG PRESS

长江文明馆献辞
（代序一）

冯天瑜

> 无边落木萧萧下，
> 不尽长江滚滚来。
> ——杜甫《登高》

江河提供人类生活及生产不可或缺的淡水，并造就深入陆地的水路交通线，江河流域得以成为人类文明的发祥地、现代文明繁衍畅达的处所。因此，兼收自然地理、经济地理、人文地理旨趣的流域文明研究经久不衰。尼罗河、幼发拉底—底格里斯河、印度河、恒河、莱茵河、多瑙河、伏尔加河、亚马孙河、密西西比河、黄河、珠江等河流文明，竞相引起世人关注，而作为中国"母亲河"之一的长江，更以丰饶的自然秉赋、悠远深邃的文化积淀、广阔无垠的发展前景，理所当然成为江河文明研究的翘楚。历史呼唤、现实诉求，长江文明馆应运而生。她以"长江之歌 文明之旅"为主题，以水孕育人类、人类创造文明、文明融于生态为主线，紧紧围绕"走进长江"、"感知文明"和"最长江"三大核心板块，利用现代多媒体等手段，全方位展现长江流域的旖旎风光、悠久历史和璀璨文明。

干流长度居亚洲第一、世界第三的长江，地处亚热带北沿，人类文明发生线——北纬30°线横贯流域。而此纬线通过的几大人类古文明区（印度河流域、两河流域、尼罗河流域等）因副热带高压控制，多是气候干热的沙漠地带，作为文明发展基石的农业仰赖江河灌溉，故有"埃及是尼罗河赠礼"之说。然而，长江得大自然眷顾，亚洲大陆中部崛起的青藏高原和横断山脉阻挡来自太平洋季风的水汽，凝集为巫山云雨，致使这里水热资源丰富，最适宜人类生存发展，是中国乃至世界自然禀赋优越、经济文化潜能巨大的地域。

长江流域的优胜处可归结为"水"—"通"—"中"三字。

冯天瑜

一、淡水富集

长江干流、支流纵横，水量充沛，湖泊星罗棋布，湿地广大，是地球上少有的亚热带淡水富集区，其流域蕴蓄着中国35%的淡水资源、48%的可开发水电资源。如果说石油是20世纪列国依靠的战略物资，那么，21世纪随着核能及非矿物能源（水能、风能、太阳能等）的广为开发，石油的重要性呈缓降之势，而淡水作为关乎生命存亡而又不可替代的资源，其地位进一步提升。当下的共识是：水与空气并列，是人类须臾不可缺的"第一资源"。长江的淡水优势，自古已然，于今为烈，仅以南水北调工程为例，即可见长江之水的战略意义。保护水生态、利用水资源、做好水文章，乃长江文明的一个绝大题目。

二、水运通衢

在水陆空三种运输系统中，水运成本最为低廉且载量巨大。而长江的水运交通发达，其干支流通航里程达6.5万千米，占全国内河通航里程的52.5%，是连接中国东中西部的"黄金水道"，其干线航道年货运量已逾十亿吨，超过以水运发达著称的莱茵河和密西西比河，稳居世界第一位。长江中游的武汉古称"九省通衢"，即是依凭横贯东西的长江干流和南来之湖湘、北来之汉水、东来之鄱赣造就的航运网，成为川、黔、陕、豫、鄂、湘、赣、皖、苏等省份的物流中心，当代更雄风振起，营造水陆空几纵几横交通枢纽和现代信息汇集区。

三、文明中心

如果说中国的自然地理中心在黄河上中游，那么经济地理、人口地理中心则在长江流域。以武汉为圆心、1000千米为半径画一圆圈，中国主要大都会及经济文化繁荣区皆在圆周近侧。居中可南北呼应、东西贯通、引领全局，近年遂有"长江经济带"发展战略的应运而兴。长江经济带覆盖中国11个省（市），包括长三角的江浙沪3省（市）、中部4省和西南4省（市）。11省（市）GDP总量超过全国的4成，且发展后劲不

冯天瑜

可限量。

　　回望古史，黄河流域对中华文明的早期发育居功至伟，而长江流域依凭巨大潜力，自晚周疾起直追，巴蜀文化、荆楚文化、吴越文化与北方之齐鲁文化、三晋文化、秦羌文化并耀千秋。龙凤齐舞、国风—离骚对称、孔孟—老庄竞存，共同构建二元耦合的中华文化。中唐以降，经济文化重心南移，长江迎来领跑千年的辉煌。近代以来，面对"数千年未有之大变局"，长江担当起中国工业文明的先导、改革开放的先锋。未来学家列举"21世纪全球十大超级城市"，依次为：印度班加罗尔、中国武汉、土耳其伊斯坦布尔、中国上海、泰国曼谷、美国丹佛、美国亚特兰大、墨西哥昆坎—图卢姆、西班牙马德里、加拿大温哥华。在可预期的全球十大超级城市中，竟有两个（武汉与上海）位于长江流域，足见长江文明世界地位之崇高、发展前景之远大。

　　为着了解这一切，我们步入长江文明馆，这里昭示——

　　一道天造地设的巨流，怎样在东亚大陆绘制兼具壮美柔美的自然风貌；

　　一群勤勉聪慧的先民，怎样筚路蓝缕，以启山林，开创丰厚优雅的人文历史。

　　（作者系长江文明馆名誉馆长、武汉大学人文社科资深教授）

一馆览长江 水利写文明
（代序二）

钮新强

  "你从雪山走来，春潮是你的风采；你向东海奔去，惊涛是你的气概……"一首《长江之歌》响彻华夏，唱出中华儿女赞美长江、依恋长江的深厚情感。

  深厚的情感根植于对长江的热爱。翻阅长江，她横贯神州6300千米，蕴藏了全国1/3的水资源、3/5的水能资源，流域人口和生产总值均超过全国的40%；她冬寒夏热，四季分明，沿神奇的北纬30°延伸，形成了巨大的动植物基因库，蕴育了发达的农业，鱼儿欢腾粮满仓的盛景处处可现；她有上海、武汉、重庆、成都等国之重镇，现代人类文明聚集地如颗颗明珠撒于长江之滨；她有神奇九寨、长江三峡、神农架等旅游胜地，多少享誉世界的瑰丽美景纳入其中；她令李白、范仲淹、苏轼等无数文人墨客浮想联翩，写下无数赞美的词赋，留下千古诗情。

  长江两岸中华儿女繁衍生息几千年，勤劳、勇敢、智慧，用双手创造了令世人瞩目的巴蜀文明、楚文明及吴越文明。这些文明如浩浩荡荡的长江之水，生生不息，成为中华文明重要组成部分。

  人类认识和开发利用长江的历史，就是一部兴利除弊的发展史，也是长江文明得以丰富与传承的重要基石。据史料记载，自汉代到清代的2100年间，长江平均不到十年就有一次洪水大泛滥，历代的兴衰同水的涨落息息相关。治国先必治水，成为先祖留给我们的古训。

  为抵御岷江洪患，李冰父子筑都江堰，工程与自然的和谐统一，成就了千年不朽，成都平原从此"水旱从人、不知饥馑"，天府之国人人神往。

  一条京杭大运河，让两岸世世代代的子孙受惠千年。今天，部分河段化身为南水北调东线调水的主要通道，再添新活力，大运河成为连接古今的南北大命脉。

  新中国成立以后，百废待兴，党和政府把治水作为治国之大计，长江的治理开发迎来崭新的时代。万里长江，险在荆

钮新强

江。1953年完建的荆江分洪工程三次开闸分洪,抗击1954年大洪水,确保了荆江大堤及两岸人民安全。面对'54洪魔带来的巨大创伤,长江水利人开启长江流域综合规划,与时俱进,历经3轮大编绘,使之成为指导长江治理开发的纲领性文件。

"南方水多,北方水少,能不能从南方借点水给北方?"毛泽东半个多世纪前的伟大构想,是一个多么漫长的期盼与等待呀。南水北调的蓝图,在几代长江水利人无悔选择、默默坚守、创新创造中终于梦想成真,清澈甘甜的长江水在"人造天河"里欢悦北去,源源不断地流向广袤、干渴的华北平原,流向首都北京,流向无数北方人的灵魂里。

新中国成立以来,从长江水利人手中,长江流域诞生了新中国第一座大型水利工程——丹江口水利枢纽工程、万里长江第一坝——葛洲坝工程、世界最大的水利枢纽——三峡工程。与此同时,沉睡万年的大小江河也被一条条唤醒,以清江水布垭、隔河岩等为代表的水利工程星罗棋布,嵌珠镶玉。这是多么艰巨而充满挑战、闪烁智慧的治水历程!也只有在这条巨川之上,才能演绎出如此壮阔的治水奇观,孕育出如此辉煌的水利文明,为古老的长江文明注入新的动力!

当前,长江经济带战略、京津冀协同发展战略及一带一路建设正加推提速,长江因其特殊的地理位置与优质的资源禀赋与三大战略(建设)息息相关,长江流域能否健康发展关系着三大战略(建设)的成败。因此,长江承载的不仅是流域内的百姓富强梦,更是中华民族的伟大复兴梦。长江无愧于中华民族母亲河的称号,她的未来价值无限,魅力永恒。

武汉把长江文明馆落户于第十届园博会园区的核心区,塑造成为园博会的文化制高点和园博园的精神内核,这寄托着武汉对长江的无比敬重与无限珍爱。可以想象,长江文明馆开放之时,来自五湖四海的人们定将发出无比的惊叹:一座长江文明馆,半部中国文明史。

(作者系长江文明馆名誉馆长、中国工程院院士、长江勘测规划设计研究院院长)

目 录

绪　言 / 1

　　长江流域诗词的历史地位 / 2
　　长江流域诗词突出的思想感情特征 / 6
　　长江流域诗词鲜明的艺术表现特色 / 8

先　秦 / 11

　　南风歌谣 / 12
　　屈原楚辞 / 15
　　宋玉辞赋 / 20

两　汉 / 23

　　帝王绝唱 / 24
　　贾谊悲歌 / 25
　　文士骚赋 / 26
　　乐府古诗 / 30

魏晋南北朝 / 33

　　三曹父子 / 34
　　阮籍嵇康 / 36
　　陶潜田家语 / 38

二谢山水诗 / 41

庾信健笔 / 46

南朝清音 / 47

隋唐五代 / 50

初唐四杰 / 51

子昂高蹈 / 53

浩然逸兴 / 54

岑参奇情 / 58

诗仙李白 / 62

诗圣杜甫 / 66

南籍诗人 / 70

南方歌吟 / 72

花间集 / 80

南唐词 / 81

两　宋 / 84

宋初名家 / 85

醉翁风范 / 86

荆公格调 / 89

柳永巨手 / 92

东坡豪放 / 95

江西诗派 / 99

陆范杨文 / 102

苏辛词派 / 108

婉约词风 / 115

元　明 / 121

王孙松雪 / 122

虞杨范揭 / 123

铁崖诗体 / 125

仲举雅词 / 127

高杨张徐 / 128

茶陵诗派 / 130

前后七子 / 132

升庵风骨 / 134

公安三袁 / 135

云间龙吟 / 138

清　代 / 140

遗民诗人 / 141

清初大家 / 142

乾隆名流 / 146

词坛宗匠 / 149

绪 言

长江与黄河，这两条横亘中国大地的大江大河，是哺育伟大的中华民族最重要的乳母，是滋养灿烂的中华文化最丰沛的甘泉。不过，长江与黄河虽然源出一地又并肩东流，却因各行其道而各具风貌。她们不同的体量、性格和面貌，也使得其流域文化形成了不同的特色并在中华文化的发展中起着不同的作用、处于不同的地位。

文学是人类生活的形象反映和典型概括，文学也是人类文化的直接观照和集中体现。诗歌这一人类社会里最古老的艺术花朵和人类历史上最悠久的文学样式，是人类心灵的直接展示和人类感情的强烈表达，是人类生活的的集中反映和人类文化的突出体现。

长江流域诗词，鲜明地反映了长江流域文化的风貌，突出地体现了长江流域文化的成就。

长江流域诗人词家的作品，自然是长江流域诗词的主体。本书述及的长江流域，并非约180万平方千米的自然地理区域，而是包括了长江水系网络地区并形成大体相同文化风貌的文化地理区域。另外，流寓长江流域的作者及其诗词作品，以及并非长江流域人所作且不作于长江流域，却具有南方的风格和气派（即长江文化的风格和气派）的诗词作品，也当视为长江流域诗词。

为了多方面展现长江流域的文化景观，为了丰富本书的知识性、增强本书的观赏性，本书随文附图160余幅，但愿读者多少可以获得文图相生的意趣、赏心悦目的美感。

长江流域诗词的历史地位

长江流域是中华民族重要的生息地和中华文化重要的发祥地。进入文明社会以后，中国经济文化重心逐渐南移到了资源物产得天独厚的长江中下游。长江流域经济发达，文化繁荣，诗人也好似星光灿烂，英才辈出；诗作也就像雨后春笋，华章竞生。长江流域的诗歌（包括诗歌的别体——词和曲），如同长江的气势风貌，水流浩瀚而波澜壮阔、水光潋滟而五彩斑斓。

"中国是一个诗的国度。"已知的中国最早的诗歌——《弹歌》，就产生在长江流域。中国先秦诗歌发展的高峰，是长江流域的"楚辞"。汉代的诗歌，基本上是长江流域诗歌的余绪或流衍。魏晋南北朝诗歌，大半精华出自长江流域。尤其是东晋南朝的诗歌，体现了这一时期中国诗歌承前启后的发展和巨大成就的取得。隋唐五代诗词以长江流域诗词为主体，也以长江流域诗词为代表。被称为"诗余"的诗歌别体——词，主要在长江流域发展成熟。至于中国经济文化重心完成了南移之后的宋、元、明、清及近现代，长江流域的诗词，更是有如奔入平野、泻往东海的长江，呈现出中国诗歌史上的泱泱气象，形成为中国诗歌史上的滔滔干流。

中国以"江山代有才人出"而自豪。可是，中国的诗词名家，多为长江流域人；中国的诗词名篇，也多产自长江流域。举其大者，随口说来，即如中国第一位伟大诗人屈原、与屈原并称的宋玉、"建安之杰"的曹植、"六朝一流"的陶渊明、"诗成泣鬼神"的"谪仙人"李白、开宋诗风气的欧阳修、北宋诗词圣手苏轼、南宋诗家之冠陆游、南宋词坛宗师姜夔、"明初诗人第一"高启、清初诗坛巨匠钱谦益和吴伟业、清初词坛魁首陈维崧和朱彝尊、近

「屈原」

代诗风开启者龚自珍、现代古典诗词界盟主柳亚子、现代新诗奠基者郭沫若等。这些中国诗歌史上的一流名家,就创作有大量"光焰万丈长"的诗词名篇。再如杜甫、白居易、柳宗元、刘禹锡、李清照、辛弃疾等中国诗歌史上的巨星,也都长期寓居长江流域,并在长江流域作有许多流传千古的诗词名篇。

中国诗歌以"各领风骚数百年"为奇观。可是,在中国诗歌史上,无论诗体的变革创新,还是诗派的鼎立争妍,都主要发生在长江流域或主要是长江流域人的贡献。长江流域的诗词创作,对诗词体式的演变和诗词流派的形成影响尤大。

「李白」

"二言体"诗歌是中国最早的诗歌形式,中国现知最早的"二言体"诗歌就是《弹歌》。由"二言体"诗歌发展而成的先秦"三言体"诗歌,已无一首完整的传世,但仅存两首以三言为主而杂以四言的先秦古诗,全都是长江流域民歌。郁起于长江中游的楚辞,以其体制的扩大和句式的变革而显现出迥然不同于"四言诗"的全新风貌,不仅奠定了后世诗歌发展的基石,也成了后世诗体演变的母体。兴发于汉初、盛行于汉魏六朝以至唐代的乐府诗,即主要因袭楚辞体式、扩展楚歌音声而变之的产物。成熟于汉末、腾踊于魏晋而成了中国古典诗歌基本体式之一的五言诗,可以说是始肇于楚歌、脱胎于楚辞、推衍于乐府而成。勃兴于南朝、盛行于隋唐而成为中国古典诗歌另一基本体式的七言诗,其形成也犹同五言诗,主要是由楚辞孕育并从楚辞蜕变的。而结束其蜕变、奠定其体制者,乃是喜好楚辞又长于辞赋的长江流域文人。律诗,是中国古典诗歌演变发展最为显著的成就,也是中国古典诗歌最具代表性的形式。而律诗的探索和兴发,则在南朝。正是齐、梁的沈约、谢朓等人发现了四声平仄的声律,并创造出世称"永明体"的新诗体;正是梁、陈的徐陵、庾信等人"辑裁巧密"、"尤重音声"而"浸具律体"的诗歌创作,为唐代格律诗的发展成熟奠定了基础,为中国诗歌发展进入黄金时代开拓了道路。

词体,本是诗体的演变、又相对独立于诗体而成为中国古典诗歌形式的另一重要代表。词体的滥觞和勃兴,都在长江流域。词体的形成和发展,也主要是生长于长江流域、或在长江流域生活过而受到长江文化熏陶的文人的贡献。南朝梁代文士开始热衷于"依咏弦节"而作长短句歌词,李白首先尝试了唐代文人词的创作,白居易、刘禹锡等流宦在长江流域后皆好为歌词,长期寓居在长江流域的温庭筠成了历史上第一位大力填词的名家,唐末至五代的西蜀文士和南唐君臣乐声色而竞作词,致使词体在长江流域流行开来并兴盛起来,正式立足于文坛而为一代之文学——宋词的繁荣奠定了基础。宋、元、明、清词作的繁荣和振兴,词体的拓展和演进,都主要是长江流域或寓居长江流域的词人所造就。欧阳修、

「苏轼」

晏几道、柳永、苏轼、贺铸、周邦彦、李清照、辛弃疾、姜夔、吴文英、陈子龙、陈维崧、朱彝尊、张惠言等,在中国词坛上群星闪烁、各放异彩。

现代新诗,是"五四"新文化运动的产物。而自由体新诗的主要建立者,是在"五四"精神激励下投身于文学革命运动的郭沫若。对新诗发展作出杰出贡献者,也主要是闻一多、徐志摩等一大批长江流域诗人。

见于文学史记载的著名诗词流派,多以长江流域诗人词家为代表,如以孙绰、许询为代表的"玄言诗派"、以郭璞为代表的"游仙诗派"、以陶渊明为代表的东晋"田园诗派"、以"二谢"(谢灵运、谢朓)为代表的"山水诗派"、以梁、陈君臣为代表的"宫体诗派"、以孟浩然为代表之一的盛唐"山水田园诗派"、以岑参为代表之一的盛唐"边塞诗派"、以西蜀词人构成的"花间词派"、以南唐词人构成的"南唐词派"等。欧阳修、晏殊、晏几道、秦观及漂泊于长江流域的柳永、李清照等,是词史上视为正宗而持续最久的所谓"婉约词派"的翘楚。洗去脂粉又"以诗为

词"的苏轼和不作怩态又"以文为词"的辛弃疾,成了词史上新人耳目而影响巨大的所谓"豪放词派"的旗手。求新逐奇的黄庭坚和"师法豫章"又不失自我的陈师道,则是在宋代诗坛上影响深远的"江西诗派"的宗师。以诗自适而宗法晚唐的姜夔、刘克庄、戴复古等人,组成了南宋后期诗坛上风靡一时的"江湖诗派"。力为缜密典丽之词的周邦彦和力为精工典雅之词的姜夔,分别开创了南宋词坛上的"清真词派"和"白石词派"。其后,在文坛上形成影响较大的诗词流派,

「龚自珍」

也大多以长江流域人为盟主或骨干,如以杨维桢为盟主的"铁崖诗派"、以高启为代表的"吴中诗派"、以李东阳为核心的"茶陵诗派"、以袁宏道为旗手的"公安派"、以钟惺和谭元春为代表的"竟陵派"、以陈子龙为代表的"云间派"、以钱谦益为开山的"虞山诗派"、以陈维崧为代表的"阳羡词派"、以朱彝尊为代表的"浙西词派"、以厉鹗为代表的"浙西诗派"、以袁枚为代表的"性灵派"、以何绍基和曾国藩为代表的"宋诗派"、以张惠言为代表的"常州词派"、以王闿运为代表的"汉魏六朝诗派"、以柳亚子为旗手的"南社"、以戴望舒为代表的"象征派"、以徐志摩和闻一多为代表的"新月派"等。

诗词体式的变革创新和诗词流派的鼎立争妍,显示出中国诗词的旺盛生命力和伟大创造性,反映了中国诗词的内涵丰富和成就灿烂。不言而喻,长江流域诗人词家及其作品,对此贡献尤大。

辽阔的长江流域,是多民族居处的地域。主要居处在长江上游的藏、彝、白、苗、瑶、纳西、土家等民族,都有自己丰富多彩的诗歌作品和源远流长的诗歌发展史。这些少数民族的诗歌,民族色彩浓郁,艺术风格独特,比较突出地体现了中国少数民族诗歌的成就,而且与长江流域的汉族诗词汇成了中国诗歌艺术园地百花齐放、姹紫嫣红的奇丽景象。

综观中国诗歌发展的悠久历史和丰富遗存，长江流域的诗歌不仅汇成了中国诗歌史上的滔滔干流，而且连绵为中国诗歌史上的屹屹峰峦。

长江流域诗词突出的思想感情特征

长江流域诗词的一大特点，就是主体意识的强烈表达、主体情志的突出体现和诗人个性的鲜明展示。

"诗言志，歌永言。"诗缘情，歌本心。是以情动于中而形于言，志诉于外而咏于声。缘情作歌，莫非自然。言志为诗，贵在天成。长江流域由于地理环境、历史发展和文化传统有其特殊性，民居其间也秉性有异。长江流域的文人，更显率性任真、使气不拘，为人为事往往放浪无羁，敢说敢做；赋诗填词也常常纵情肆志，表现自我。长江流域诗词杰作，许多都是纵情而为、肆志而成、出于自然本性、充分表现自我感受和个人理想的作品，鲜明而强烈地体现出作者的主体意识。

被推尊为"诗歌之父"的屈原，因怨而制骚，在《离骚》中"发愤以抒情"，率直而大胆地揭露了楚国政治的溷浊黑暗，尖锐而无情地谴责了楚国贵族统治集团的腐朽邪曲，充分而详明地诉说了自己的理想追求，真实而突出地展示了自我个性，可谓至情至性的淋漓表现、至爱至憎的酣畅表达，毫无"发乎情，止乎礼义"的节制，主体意识极强，故让人读其骚而悲其志、想见其为人。后世诗人即"祖式其模范"，慷慨抒怀，表现自我，尤其是以长江流域骚人词客的诗词为甚，如陈子昂、李白、苏轼、陆游、龚自珍乃至秋瑾、郭沫若等人强烈表达主体情志的作品。

在诗词内容方面，长江流域诗词比较突出地体现了爱国思想、隐逸精神、山水情趣和爱恋感情，并因此形成了尤盛于长江流域的爱国诗词、隐逸诗词、山水诗词和爱情诗词。

"鸟飞反故乡兮，狐死必首丘。"眷念生于斯的故乡，热爱长于斯的国家，是一种朴素而真挚的感情。古今中外的诗歌，都无不表达有这种感情。诗人们为故乡的繁荣和国家的昌盛而欢唱，为故乡的动乱和国家的危亡而悲歌，对兴族昌邦的先祖和英雄高声颂扬，对祸国殃民的昏君和小人愤怒谴责，爱国诗歌便成为诗歌史上产量尤高、影响尤大的重要类别。

绪 言

　　中华民族，饱经内忧外患。中国历史，就是一部中国人民不断发扬爱国精神反对战乱、维护统一、抵御外侮的发展史。反映了不同历史阶段的民族生活和国家状况的中国文学，也始终以表达和宣扬爱国思想为重要内容。尤其是在遭遇内忧外患的时代，爱国思想的强烈表达和大力宣扬，便成了中国文学创作的主旋律。而作为民族心声和时代歌声的诗词，则最为集中和强烈地表达了爱国思想。由于长江流域的地理位置、历史发展和文化传统等特殊性，长江流域诗词所表达的爱国思想又尤为突出、充分、激昂和深沉，爱国诗词也成为长江流域诗词中数量最可观、成就最辉煌的一类。可以说，中国爱国诗词的创作高潮，都出现在长江流域；中国爱国诗词的杰出作品，大多出自长江流域人之手或长江流域之地。

　　隐逸精神，指遁隐不仕、遗落世事、逍遥自适、安贫乐道、修身养性、守真固节的思想。早在春秋后期，长江中下游的楚国，就由于国富人众而士阶层庞大，由于灭国最多而有大量沦为贫士的被兼并小国的贵族，由于"社稷无常奉，君臣无常位"的社会大变革现实使人产生幻灭之感，由于地广物丰而可使人居其间"不忧冻饿"等原因，许多未得官职或失去原有地位的士子便对现实感到失望甚至绝望，纷纷隐居乡野而成为隐士，故楚地隐士尤多。孔子适楚，就遇有长沮、桀溺、荷蓧丈人、接舆等"辟世之士"。在春秋末年兴起于楚地的道家思潮，就是隐士激扬的思潮。道家宣扬的"天下无道，则修德就闲"、"日出而作，日入而息，逍遥于天地之间，而心意自得"的隐逸思想，广泛传播而深入长江流域士子之心。道家学说自创立后实际上成了中国古代哲学发展的主干，被历朝历代的文人士子、尤其是长江流域的文人士子继承和发扬；长江流域自然环境优越，始终是世人隐居的理想地域；隐逸精神也成为长江流域文化传统的重要内容，深深积淀在古代中国、尤其是长江流域的文人士子心底。长江流域，历朝历代多隐士。长江流域诗词，也突出地反映了隐逸精神。

　　山水情趣，即热爱自然而亲山近水的情感志趣。具有隐逸精神的长江流域骚人墨客，一般都有着浓厚的山水情趣。受道家思想传统的影响，加之长江流域山奇峰秀可宕开襟怀、水广波叠而摇荡性情，长江流域的文人雅士、尤其是愤世嫉俗的骚人墨客，往往热衷于游山玩水或山居水栖，在临山伴水之中体悟到远避尘嚣、投合自然而获得自由宁静的感受和移情审美的享受。他们于是赋诗作词以歌咏自然山水之美、抒发寄情山水之感，致使山水诗勃兴并发展成为长江流域诗词中诗情画意犹浓的一大宗、中国古典诗词中艺术成就很高的一大类。

爱恋感情，即男女之间爱慕思恋的感情。爱而成婚，婚而有子，人类因此得以繁衍发展、生生不息。爱恋感情，是人类自然的、基本的和最易激发、也最为丰富强烈的感情之一。以男女爱情和夫妇婚姻为题材，抒写爱恋感情的诗词，便是爱情诗词。

由于地域环境、社会生活、历史进程和文化传统的特殊性，长江流域人敢于大胆、执着地追求爱情，赋诗作歌以表白爱情也既直率激切又细微深婉。"饥者歌其食，劳者歌其事。"爱情婚姻是劳者一生的重大之事，民歌多歌其事乃理所当然。长江流域的民歌则尤为突出，大量都是反映民间爱情生活的歌谣。自先秦以至现代，爱情诗词不仅大量产生于长江流域并始终是长江流域诗词的重要内容，而且不断有着更充实的内容和更丰富的表现。

中国诗词以抒情为主，抒写爱情是中国诗词的一大特色。而中国诗词里抒写爱情的作品，主要见于长江流域诗词。中国诗词里动人心旌、感人肺腑的作品，大量都是爱情诗词。而中国诗词里抒写爱情的优秀作品，也主要见于长江流域诗词。

长江流域诗词鲜明的艺术表现特色

在地域广阔、民族众多的长江流域产生和发展且有悠久的历史和丰厚的遗存的诗词，自是形式多样、风格繁复，诚为五色斑斓、缤纷多彩。不过，作为流域文化的体现，长江流域诗词也具有比较鲜明的艺术表现特色。

史学名家、楚学的主要开创者张正明在《楚学文库·编者献辞》中指出："中国古代的文化是多元复合的，它的主体华夏文化是二元偶合的。所谓二元，就方位来说是北方与南方，就流域来说是黄河与长江，……就风格的基调来说是雄浑、谨严与清奇、灵巧。"诚若此言，相对于雄浑的黄河而言，长江风貌的基本特征就是清奇。长江风貌的基本特征，也影响到长江流域文化的基本风格的形成。具体就长江流域诗词来说，它的艺术特色鲜明地表现为"清奇弘丽"。

　　清，主要指清新、清淡、清婉、清越。早期的长江流域诗歌，如《诗经》"二南"中的楚歌，就已显露出这一风格特征。《楚辞·九歌》的清婉温亮、清远雅致、清新秀美，前人已有定评。长江流域诗人，也较早即明确以"清水出芙蓉，天然去雕饰"为艺术追求。长江流域孕育的山水田园诗和流行的抒情写性词，则尤为鲜明地体现出这一风格特征。

　　奇，主要指奇诡、奇幻、奇巧、奇特。长江流域的诗人词家，有不少被世人视为奇人狂士。他们的作品，也被称为奇文。堪称"奇文"的诗词杰作，往往有着丰富奇伟和大胆奇幻的艺术想象、恢诡奇谲和巧妙奇异的艺术表现，是人们所谓的浪漫主义作品。因地域文化的背景和传统所致，浪漫主义文学也主要在长江流域承续发展。屈原是浪漫主义诗歌的开拓者，李白、陆游、高启、龚自珍、柳亚子、郭沫若则是中国历史上一脉相传的杰出浪漫主义诗人。

　　弘，主要指弘大、弘富、弘深、弘放。长江流域的诗词，多有规模弘大、内容弘富的巨制和境界弘深、气势弘放的佳篇。屈原的作品，就已成为其表率。汉代以后的长江流域诗词创作，因世情时序变化而罕有追踵屈骚那种体制的鸿篇，但依然祖述楚辞，并且更加注重含蓄蕴藉和奔放无羁的艺术表现。许多杰作，尽管是寥寥短章，却境界阔大、意蕴深远。浪漫主义诗人，则往往纵笔抒写胸中的郁情蓄愤、浩气壮怀，其作品也雄健豪迈、酣畅淋漓。

　　丽，主要指绮丽、富丽、流丽、雅丽。先秦的楚人，在文化创造上不仅讲究"既雕既琢"，又崇尚"复归于朴"，"以丽为美"于是成为长江文化的传统。得"江山之助"的屈原，陈辞赋诗"佩缤纷其繁饰"、"斑陆离其上下"，屈骚之作也"惊采绝艳，难与并能"。后世骚人墨客、尤

「长江第一弯」

「长江三峡风光」

其是长江流域诗人词家,"祖式其模范,取其要妙,窃其华藻"。于是,长江流域诗词,既多有联藻交彩、精心雕画而绮靡富艳的丽辞,也广见洗去铅华、造语平淡却"似癯实腴"的美文。

"清奇弘丽",本是长江流域自然环境的鲜明特色。"得江山之助"的长江流域人师法自然,从而形成了其文化创造、尤其是审美表现的诗词创作的鲜明特色。长江流域诗词创作,在追求"清奇弘丽"的艺术表现中,随时序世情之变而不断丰富了其内在涵义和外在表现。当然,"清奇弘丽",并不能概括浩瀚斑斓的长江流域诗词的艺术特色,也不仅仅是长江流域诗词独有的艺术风格,而只能说是长江流域诗词相对于其他地域诗词——主要是黄河流域诗词所表现出的比较突出的特征。而且,由于长江流域诗词在中国诗词发展中形成的主导作用,"清奇弘丽"实际上成了中国诗词的鲜明特色。

学者说得好,如果称黄河是中华民族的母亲河,那么可以称长江是中华民族的父亲江。

长江文化是中华文化的重要组成部分,长江流域诗词是长江文化的重要组成部分。

我们热爱中国,我们赞美长江,我们应该了解长江流域的诗词。

我们诵读长江流域的诗词,我们更加赞美长江,我们也就更加热爱中国。

先 秦

先秦时期，始自距今约 200 万年中国境内的古人类出现，迄止公元前 221 年秦始皇统一中国并建立秦王朝。

当人类在其童年时代能够将表达情志的简单语言配合自然而有规律的劳动、以及其他活动中的身体运动节奏而咏唱时，便产生了原始形态的诗歌——口头歌谣。因此，宋代学者叶适指出："自有生民，则有诗矣。"不过，在漫长的原始社会里产生的大量诗歌，由于未有文字记录而在口耳相传的过程中、在氏族社会的变迁中，渐久流失，至于殆尽。遗存至今者，仅有文明社会早期由文士载录于文献的寥寥数首。

夏、商两代，遗文罕见。周代的《诗经》与楚辞，是现存先秦诗歌的主要作品。《诗经》中的楚地歌谣和楚人辞赋，体现了先秦长江流域诗歌暨中国先秦诗歌的高度成就。

开创楚辞体式的屈原，以其"气往轹古，辞来切今"的楚辞创作耸立起中国诗歌史上的首座高峰，也因其"衣被词人，非一代也"的楚辞创作而成为中国的诗歌之父、文学之祖。

南风歌谣

中国现存最为古老的一首原始诗歌，是见于《吴越春秋》卷九载录楚人陈音对越王勾践所唱的《弹歌》：

断竹，续竹。

飞土，逐宍（古"肉"字，指禽兽）。

从《弹歌》的内容和形式上看，它显然是一首描述狩猎过程的原始猎歌，形象生动地描述了原始先民截竹系竹以制作弹射工具、弹射土石以驱逐和猎取野兽的全过程。它出自楚人陈音的口中，说明它一直是先秦时期长江中游广泛流传的歌谣，

「原始岩画《狩猎图》」

而且或许就是产生于长江中游的原始猎歌。就现有资料来说，《弹歌》可谓长江流域诗歌的始作，是起于青萍之末的南风，是中国第一首叙事诗，也是中国诗歌的鼻祖。

古人认定的"南音"始作，是传说为夏禹之妻、涂山氏之女所唱的《候人歌》：

候人兮猗！

《吕氏春秋·音初》叙录此歌，强调"实始作为南音"。这首歌的歌辞仅四言一句，而且只是在"兮"、"猗"两个语气助词前添有两个表意实词，虽然十分简朴，但抒情性很强，可谓已知中国第一首抒情诗和思妇诗。在中国史前诗歌史上，《候人歌》的产生具有里程碑意义。

「武汉大禹神话园雕塑：大禹与涂山氏」

硕果仅存的长江流域原始歌谣，不仅真

先 秦

实地反映了原始先民的社会生活与思想感情,而且充分地体现了在中国诗歌史上发端开源的重要意义。

周代建立了一个集权程度和行政效能远高于夏、商的统一王朝。周王朝出于实施礼乐制度、推行王道教化以巩固政权的需要,也出于满足日益增长的精神文化生活的需要,通过封建在各地的诸侯国征集天下乐歌,并让乐官予以整理编订,最终形成了中国第一部诗歌总集——《诗经》。长江流域的民歌,也有一部分收入《诗经》。

《诗经·国风》之首的"二南"——《周南》和《召南》,大都是江汉楚地的歌谣。《周南·汉广》毛传即说:"文王之道,被于南国,美化行乎江汉之域。"现代学者朱自清在《中国歌谣》中认定:"'二南'……可以谓之楚风。"

"二南"中的许多民歌,不仅记南方之地、述南方之物,而且比较鲜明地反映了江汉流域的民情民俗,显示出南方楚歌的风格特色。如"纪楚地"的有直接歌咏长江而起兴的《江有汜》,"名楚物"的有绘樛摹桃而起兴的《樛木》和《桃夭》。最为鲜明地显示出江汉楚风的特色、也最为充分地体现出江汉楚歌的成就的,是"二南"中的情歌。《汉广》一诗,最具代表性:

> 南有乔木,不可休思。汉有游女,不可求思。汉之广矣,不可泳思!江之永矣,不可方思!
>
> 翘翘错薪,言刈其楚。之子于归,言秣其马。汉之广矣,不可泳思!江之永矣,不可方思!
>
> 翘翘错薪,言刈其蒌。之子于归,言秣其驹。汉之广矣,不可泳思!江之永矣,不可方思!

情歌《汉广》,充分托出了歌者求偶时的渴望和追求。它的三章歌辞虽然朴素通俗,却委婉缠绵、循章进意地抒发了歌者苦求恋人而不可得的感伤和惆怅之情,生动地勾画出一位在烟波浩渺的江汉之间来去无踪、若隐若现的出游美女形象,并且将丰富的想象和深厚的感情寓于直率的反复咏叹之中,兼以巧妙的比兴和真切的描绘,使之蒙上浓重的浪漫色彩,形成神奇瑰丽的艺术境界,产生含蓄蕴藉的艺术魅力。它的歌辞隔句用方言"思"作语助词,其作用同于诗中常见的"兮"。这偶句之尾的咏叹虚词，不仅使诗歌的音韵变得和谐轻柔，而且使歌者的绵绵情思得以淋漓尽致地抒发出来。它的浪漫风格、地方语言、深婉情调和舒缓节奏，都显示了南风楚歌的鲜明特色。它的艺术成就，可以说是代表了长江流域诗歌发展在春秋中叶以前所达到的高度。因此，它对后世诗文创作有着很大影响。历代许多名篇佳作，或者取其题材，或者袭其意境，或者仿其表现。人们甚至称它为"衣被百代的文学滥觞"。

共有歌谣25首的"二南"，虽然未必全为江汉楚歌，但称为"楚风"却未尝不可。它较为集中地反映了春秋中叶以前长江流域诗歌的发展状况，并且颇有代表性地显示了春秋中叶以前中国诗歌的创作成就。这，或许也就是它被列为《诗经·国风》首两位的原因之一。春秋时代的大思想家、大教育家孔子，就十分推崇"二南"，将它看作世人必学的典范。

春秋中叶，长江中游的楚国称霸天下。春秋末年，长江下游的吴国和越国相继争霸天下。随着楚国和吴、越的强盛，南土歌谣也盛作广传了。据《左传》记载，春秋时期居于黄河中游的晋国人，就已能熟歌"南风"。遗憾的是，洋洋乎盈耳的"南风"遗存太少。不过，通过散见于先秦和汉代文献中的数首楚歌，即可明知春秋战国的"南风"格调，如《说苑·至公》记载的《楚人诵子文歌》、《说苑·正谏》记载的《楚人为诸御己歌》等。

春秋晚期，南土民歌已突破了四言诗体的束缚，显示出自由而富于变化、多样而匀称统一的"南风"特征。优美动人的《越人歌》，是其时"南风"的代表：

> 今夕何夕兮，搴洲中流？
> 今日何日兮，得与王子同舟？
> 蒙羞被好兮，不訾诟耻。
> 心几烦而不绝兮，得知王子。
> 山有木兮木有枝，心悦君兮君不知。

这是一首民间恋歌，分三层抒发歌者对王子的爱慕和眷念的感情。它表达的情意是逐层深化的，层次之间又随着情感的奔涌起伏显得陡起陡落、波动跳跃，因而移人情思、动人情怀。在语言结构上，它的句式全是随抒情叙事的需要而自由变化，显得长短相间、错落有致；"兮"字的运

先 秦

用十分灵活,既用于句中,又用于句末,并且不是仅用作单纯的语助词,还是虚词的代用字,末两句中的"兮"字就既有增强语气、协和声调的作用,又兼文法作用;从而使得它具有很强的表现力和很美的声乐感。在艺术上,它创造性地运用了以往南北民歌中的表现手法,既用有直抒胸臆的赋,又用有托物言志的比兴,还采用了声义双关的技巧,即前八句用赋,末两句则兴中有比,而且以"枝"谐"知",从而使得它具有深远的意境和丰富的意蕴。由于它抒情委婉深沉、风格自然清新、声韵轻悠柔曼、语言特色鲜明、艺术表现高超,与其后出现的楚辞几乎无有二致,历代文人学士对它的艺术成就和文学地位给予了很高的评价。其影响至今仍大,如台湾诗人席慕容有用现代汉语诠译《越人歌》的名作《在黑暗的河流上——读〈越人歌〉》,入围第 79 届奥斯卡最佳外语片奖的《夜宴》主题曲就是《越人歌》。

人们熟知的春秋晚期"南风"名作,还有初见于《论语·微子》的《接舆歌》和初见于《孟子·离娄上》的《孺子歌》。如果说《接舆歌》在形式上接近《楚辞·九歌》的话,《孺子歌》则在形式上更类似于《楚辞·离骚》,它们都对嗣后产生的楚辞有巨大影响。现代大学者王国维在《人间词话》中明确指出:"《沧浪》《凤兮》二歌,已开楚辞体格。"

「《孺子歌》诗意图」

屈原楚辞

战国中期,长江之滨诞生了中国历史上第一位伟大诗人屈原,又因屈原的诗歌创作而形成了中国诗歌史上具有浓厚地方色彩和独特艺术风格的新诗体——楚辞。

屈原(约公元前 340—前 277 年),名平,出生在今天湖北的秭归或荆州楚国故都,是楚国王族成员。他生活的时代,正是中国社会由分裂到统一的趋势日益明朗的时期。当时的楚国,内有腐朽的贵族统治集团营私误国之忧,外有因变法而强盛的秦国咄咄相逼之患。革新则兴,守旧则衰,是楚国面临的选择。"楚强则秦弱。秦强则楚弱,其势不两立"。因"博闻强志,明于治乱,娴于辞令",他在青年时代深受楚王信任,得以"入则与王图议国事,以出号令;出则接遇宾客,应对诸侯"。受楚国历史文化的熏陶和时代精神的感召,他形成了深沉的爱国感情和进步的"美政"理想,矢志于辅佐楚王,通过变法革新、举贤授能来振兴楚国,由楚国来统一天下而最终建立一个民生安乐、德

「屈子行吟图,(明)陈洪绶画作」

泽流彰的大中国。但是,就在他禀命起草宪令时,享有既得利益的楚国贵族群起对他进行诋毁、打击和排斥。昏庸的楚王受腐朽贵族集团的左右而疏远了他,进而又将他放逐到荒僻的江南(今湖南沅、湘流域)。屈原遭放逐后,楚国国势如江河日下。公元前278年,秦将白起攻拔楚国郢都。次年,秦军掠取江南。屈原深感祖国无可挽救的衰落和理想彻底的破灭,传说即于这一年五月五日自沉汨罗江,以身殉国难、身殉理想、身殉名节。

正道直行,竭忠尽智,却信而见疑、忠而被谤,以致报国无路、壮志难酬,屈原那一腔孤愤无从宣泄,满腹哀怨无从倾诉,只好"发愤以抒情"、赋诗以述怀。于是,"国家不幸诗家幸,赋到沧桑句便工"。时代和社会玉成了屈原这位伟大诗人,苦难和传统孕育了屈原的不朽诗篇。

旧说传世的屈原作品有 25 篇,尽管对其真伪尚有争论,但今日学者基本认定,屈原的重要作品有《离骚》《天问》《招魂》《九歌》和《九章》。

"奇文郁起,其《离骚》哉!"367句、2486字的《离骚》,是历史上公认的屈原代表作,是屈原带有自传性质的长篇政治抒情诗,是中国古代抒情诗中"百世无匹"的鸿篇巨制,是具有划时代意义的新体诗作,也是中国文学史上"名垂罔极,永不刊灭"的艺术杰作:

先　秦

　　帝高阳之苗裔兮，朕皇考曰伯庸。
　　摄提贞于孟陬兮，惟庚寅吾以降。
　　皇览揆余初度兮，肇锡余以嘉名。
　　名余曰正则兮，字余曰灵均。
　　……

全诗抒写了屈原大半生的生活经历和思想历程，表达了他对国家和人民的热爱和忠诚，揭露了楚国社会的黑暗和政治的腐败，阐述了他追求真理、坚持真理，勇于同黑暗势力作斗争的百折不挠、九死不悔的精神，展示了他高尚竣洁的志行和光辉伟大的人格，具有丰富而深刻的思想内容。它在创作精神、表现手法和语言形式上都有着创造性的开拓，以它独特的艺术风格和高度的艺术成绩将中国先秦诗歌发展到了一个新阶段，并且奠定了"楚辞"这种新诗体。"不有屈原，岂见《离骚》。惊才风逸，壮志烟高。山川无极，情理实劳。金相玉式，艳溢锱毫。"（刘勰《文心雕龙·辨骚》）《离骚》因屈原而杰出，屈原因《离骚》而永垂。《离骚》也成了屈原作品的统称，成了"楚辞"这种诗体的代称。后人即称屈原作品为"骚"或"屈骚"，称"楚辞"为骚体诗。

「离骚碑，碑上镌刻毛泽东在青年时代用楷书抄录的《离骚》全文，立于武汉东湖磨山"楚城"内」

《隋书·经籍志》说："楚辞者，屈原之所作也……盖以原楚人也，谓之'楚辞'。"不过，楚人屈原所作之辞，却不同于《诗经》中传统的四言诗体式，而是以六言为基本句式又错杂兼用长短句、有规律地大量使用语助词"兮"、篇幅大小不受限制的诗歌体式，实际上是屈原发展楚地民歌体式、突破传统诗歌体制而开创的新诗体。由于屈原的楚辞体现了四言诗所远不能及的抒情达意功能和惊采绝艳效果，战国晚期至汉代文士"惊其文采，相率仿效"，以致楚辞又不仅指屈原的作品，也指以屈原为代表的文士所作具有浓郁地方色彩和独特艺术风格的诗歌作品。

在屈原的作品中，"和平婉丽，整暇雍容，读之使人一唱而三叹者"，莫过于组诗《九歌》了。"九歌"之名，当源自夏代乐歌。《离骚》即说："启（夏启）《九辩》与《九歌》兮，夏康娱以自纵。"大概夏代《九歌》流传到南方并演变成楚地的祀神乐歌。"九歌"之"九"，应是极言其多的虚数而并非实数。屈原的《九歌》，则可能是屈原受楚王之命为宫廷祀神需要、在民间祀神乐歌的基础上改作而成的，共11篇，即《东皇太一》《云中君》《湘君》《湘夫人》《大司命》《少司命》《东君》《河伯》《山鬼》《国殇》《礼魂》，包括祭祀天神、地祇和人鬼的乐歌，是一组有完整系统和严密结构的乐歌。

「湘夫人图，傅抱石作品」

《湘君》和《湘夫人》是祭祀一对湘水配偶神的乐歌，分别描写的是因约会时间误差所引起爱恋至深男女神灵会合无缘的悲剧，合为一体则又是男女神灵两情相悦、忠贞不渝、幸福在望的喜剧。《湘夫人》歌云：

　　帝子降兮北渚，目眇眇兮愁予。
　　袅袅兮秋风，洞庭波兮木叶下。
　　登白薠兮骋望，与佳期兮夕张。
　　……

诗歌首段描写湘君奔往约会的北渚的途中，想象湘夫人已经到达，于秋风之中、微波之上徘徊骋望自己的情景，写景抒情而浑然一体。

《九歌》保持了民间祀神乐歌轻松愉快的格调，真实地反映了楚国的社会生活与民情风俗，真切地表现了楚人的爱国精神以及他们对纯真爱情、幸福生活的向往和追求。同时，屈原在对人与神、神与神之间缠绵悱恻的恋情、契阔离合的悲欢的描写之中，也隐约地流露出自己被疏失意之后的幽怨和悲伤；在对楚人追求光明和幸福的描写之中，也含蓄地表达出自己的社会理想和人生愿望。《九歌》的文辞典雅富丽，结构精巧缜密，音调轻曼悠扬，句式整齐统一；既有率真自然的抒发，又有曲折委婉的表达；既有大笔挥洒的勾勒，又有细致入微的描写；既有栩栩如生的人物，又有历历分明的景象；既有凄清幽远的境界，又有气势磅礴的场面；显示出屈原借鉴民歌、发展民歌所取得的高度艺术成就。

谈古论今，语天论地，述神记鬼，描写不限时空，言辞诡异谲怪，变化开阖抑扬，境界恢宏奇丽，这种艺术风格上的浪漫主义，是屈原诗歌的鲜明特征，体现出屈原诗歌的主导创作精神。屈原诗歌以浪漫主义创作

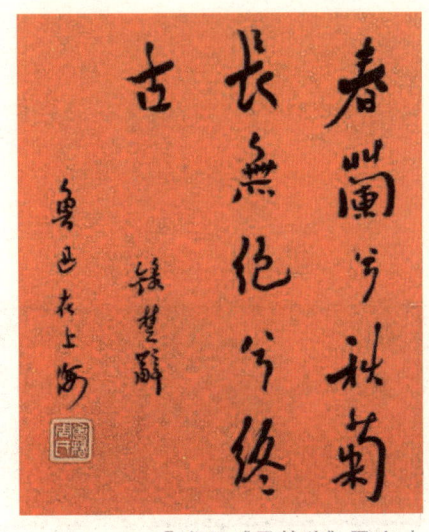

「鲁迅《录楚辞》墨迹」

精神为主导，既是屈原充分抒发强烈感情和表现主观理想的需要，又是受楚地盛行巫风、流播神话所形成的文化氛围和历史传统的影响所致。屈原诗歌的浪漫主义精神，主要体现为不受时空束缚、超越时空限制的丰富而奇伟的艺术想象，以及由此形成的"文如云龙雾豹，出没隐见，变化无方"的艺术表现方式；体现为大量糅合神话故事、历史传说、现实事件和自然物象，以构成迷离仿佛又奇丽恢诡的艺术境界。因此，屈原诗歌也鲜明地体现了南方长江流域诗歌的基本风格，成为中国浪漫主义诗歌的最早

「武汉东湖行吟阁屈原塑像」

代表，奠定了中国浪漫主义诗歌的发展基石。

在诗歌形式上，屈原诗歌将诗歌体制发展到空前宏大，运用了几乎囊括以往诗歌所有句式，选取了大量楚地方言和民间口语经锤炼后入诗，有着多方面的创造性开拓。在表现手法上，屈原诗歌创造性地发展了《诗经》中的"赋、比、兴"三种基本手法，尤其是大量运用比、兴以成文，并且不仅将比、兴发展为象征，进而建构了一个象征体系，使得诗歌反映生活的概括性、表达思想的深刻性和塑造形象的艺术性达到了前所未有的高度。

屈原诗歌的艺术成就尽管是多方面而难以尽述的，但其最为突出和最为巨大的成就，还应该说是成功地塑造了诗人自我形象——也即屈原形象。屈原形象是外形美与内质美相统一、个体意识与群体意识相统一、独立人格与社会人格相统一、常人特征与超人特征相统一的艺术典型，实际上是高度概括了和充分体现了华夏民族性格和审美理想的艺术典型。因此，屈原形象自在中国文学史上出现以来，始终屹立在中国历史上、活跃在中国人民心中，成了中国的诗魂、国魂和民族之魂，中国的传

「2009年中国端午节入选《人类非物质文化遗产代表作名录》，2001年中国邮政发行端午节特种邮票（赛龙舟、包粽子、避五毒）」

统节日（端午节）活动、中国伟人的成长、中华民族精神的形成，都与屈原联系在一起。这种文化现象，在世界历史上是极为罕见的。屈原形象的塑造成功，在中国文化史乃至世界文化史上的意义，也是难以估量的。

东汉著名文学家王逸在《楚辞章句》中推崇《离骚》："所谓金相玉质，百世无匹，名垂罔极，永不刊灭者矣！"唐代大诗人李白在《江上吟》中歌颂屈原："屈平辞赋悬日月，楚王台榭空山丘。"屈原楚辞诚然是长江流域诗歌创作的第一座巍巍巨峰，也是中国先秦诗歌创作的最高峰。

宋玉辞赋

宋玉（生卒年不详）是继屈原之后长江流域的第二位杰出诗人，也是中国文学史上继屈原之后的杰出辞赋家。

生于楚国别都鄢郢（今湖北宜城）的宋玉，主要活动在楚顷襄王时代（公元前298—前262年），长相秀美，风流倜傥，能言善辩，才华过人，胸怀济世大志，仰慕前贤亮节，因识音好辞而擅长属文作赋，被友人推荐给顷襄王。可是，沉溺于声色宴游的顷襄王只欣赏他的文才而并不予以重用，仅让他摘藻铺辞以助欢娱，其身份犹如宫廷的倡优之辈，使他感

到十分痛苦和不满。由于他的辞赋盖世而为顷襄王喜爱,他受到了同僚的嫉妒;又由于他持身高洁,不肯苟合世俗,他为同僚所不容。或许是愤世嫉俗太甚,或许也是为了排遣胸中苦闷,他的举止放浪不羁,同僚因而谗告顷襄王。当顷襄王责怪他遗行失检而为人不誉时,他抗言申辩,以《阳春》《白雪》远雅于《下里》《巴人》而和者甚寡自况。大概他就是因为坚持"夫圣人瑰意琦行,超然独处"而不愿从俗同流,以至于连文学侍臣的官位也不能保,失职而沦为贫士,在穷困潦倒之中忧愁幽思地赋诗抒情,固穷守高地结束了自己不幸的一生。

「高剑父《悲秋图》」

《九辩》是宋玉"祖屈原之从容辞令"的代表作,长达255句,共1741字,体制宏大,内容丰富。师法屈骚的《九辩》,并非模仿屈骚的平庸之作,而是"时以蓝出之"的成功之作。它发扬了屈原赋诗以陈情明志的精神,充分而真实地抒写了诗人的"蓄怨兮积思",并且随其情感的深入抒发而塑造出一位怀才不遇、落拓失志、忿忿不平却只能望月兴叹、穷途末路却可以孤芳自赏的诗人自我形象。《九辩》最为突出的艺术成就,还是它因承屈骚借悲秋以言情的抒写方式而大有发展,将先秦诗歌中情景交融的传统表现方式发展到一个新的高度。其开篇描写:

> 悲哉!秋之为气也。
> 萧瑟兮,草木摇落而变衰。
> 憭栗兮,若在远行。
> 登山临水兮,送将归。
> 泬寥兮,天高而气清。
> 寂寥兮,收潦而水清。
> 憯悽增欷兮,薄寒之中人!
> ……

清人贺贻孙在《骚筏》中鞭辟入里地指出了《九辩》这一成就和影响，强调："从来未有言秋悲者，亦未有言秋气悲者。'悲哉，秋之为气也'七字，遂开无限文心。后人言秋声、秋色、秋梦、秋光、秋水、秋江、秋叶、秋砧、秋蛩、秋云、秋月、秋烟、秋灯，种种秋意，皆从气字内指其一种以为秋耳。……"

"摇落深知宋玉悲，风流儒雅亦吾师。"唐代伟大诗人杜甫在《咏怀古迹》其二中的歌吟，表达了后人对宋玉的仰慕和对《九辩》的推崇。《九辩》那寓悲情于秋景、托秋景以抒悲情的高妙艺术表现，不知润泽了后世多少文人学士，实开中国文学史上"悲秋"之作的先河。

「巫山神女峰」

因"好辞而以赋见称"、因大量创作韵散结合的"赋"，宋玉传世的赋作也多于辞作。现存相传为宋玉的赋作中，以《高唐赋》和《神女赋》的篇幅最长、体制最巨、成就最高、影响也最大。

刘勰《文心雕龙·辨骚》赞叹："屈宋逸步，莫之能追。"宋玉虽然未能像屈原那样"以一人之手，创千古之业"，但他在辞赋创作上的重大成就却确立了他在中国文学史上的重要地位，古人因此将他与屈原并称同尊。

宋玉之后的战国末年，产生了两篇楚辞名作《卜居》和《渔父》。其作者，大概是楚国具有道家思想的隐士。其产生，反映出战国末年的楚人对屈原已经有了较为全面深刻的认识，反映出屈原在战国末年所形成的巨大社会影响，也反映出楚骚将主导历秦入汉诗歌发展的趋势。

两 汉

"楚，大国也。"战国时代的楚国，囊括长江中下游，雄据南土半天下。楚人创造的辉煌灿烂的文化，就是当时长江文化的主体，也是当时中国文化的翘楚。楚国衰亡，屈、宋陨落，诗坛寂寞。

秦国灭楚而统一中国后，实行严峻的专制统治，以致"秦世不文"，创作萧条。

楚人陈胜、吴广揭竿起义，张楚反秦。楚人项羽、刘邦北伐秦都，逐鹿中原。气盛情长、好咏喜歌的楚人，也使楚歌风靡天下。

刘邦建立汉朝后，依然好楚服、乐楚声。汉初诗歌，基本上就是楚辞的余波、骚体的洄洑。同时也有着承续楚辞的演化、踵武骚体的嬗变。

汉代诗歌的发展，可以说是以长江流域的诗歌为主源。"拓宇于楚辞"的汉赋创作主导了文坛之后，汉代的诗歌创作、尤其是文人的诗歌创作便显得式微，这一状况到汉末才有所改变。汉代的长江流域诗歌，承前潺潺流变，渐成壮阔之势，既反映了汉代诗歌的创作成就，也反映了汉代诗歌的发展状况。

帝王绝唱

楚汉战争中,西楚霸王项羽(公元前232—前202年)被刘邦的大军围困在垓下(今安徽灵璧东),兵少粮绝,人疲马乏,夜晚又听到四面都唱起楚歌,自度败局已定,不禁感慨伤怀,念及心爱的坐骑,面对宠爱的虞姬,涕泪悲歌:

力拔山兮气盖世,时不利兮骓不逝。

骓不逝兮可奈何!虞兮虞兮奈若何!

这首具有楚歌特有的韵律和情调的《垓下歌》,慷慨悲壮,情真意切,充分展示了项羽那豪气盖世又优柔寡断的个性和英雄末路而无限悲戚的心境,因而成为历代传诵的名篇。

"以布衣提三尺剑取天下"的汉高祖刘邦(公元前247—前195年),虽然勇武莫敌项羽,智略胸襟却在其上,作歌也不输于霸王。他的一曲雄豪质朴的《大风歌》,堪称帝王的千古绝唱:

「沛县沛公园大风歌群雕」

大风起兮云飞扬。

威加海内兮归故乡。

安得猛士兮守四方!

这首楚歌,作于刘邦在世的最后一年。短短三句歌辞,将历史的回顾、现实的感受、未来的忧思融合成一体,淋漓尽致地抒发出英雄感世、帝王忧国、游子思乡和老人嗟时的丰富复杂的思想感情,气魄豪迈,境界深闳,格调苍凉,闻之动心,味之无极。

刘邦的子孙,擅长作歌赋诗的也不少。如刘邦庶子、赵王刘友所作的《幽歌》,就值得品味。

雄才大略、多欲喜功的汉武帝刘彻(公元前156—前87年),醉心武功，也热衷文治，在汉兴70年来稳定发展的基础上，创造了汉朝盛世气象。他好辞爱赋而广为招纳并十分宠幸辞赋家，不绝吟诵而常赋诗作歌。他的传世诗作，几乎全是骚体诗。《瓠子歌》《李夫人歌》，都是后人称道的名篇。造诣较高且影响颇大的，则是悲秋嗟老的《秋风辞》。

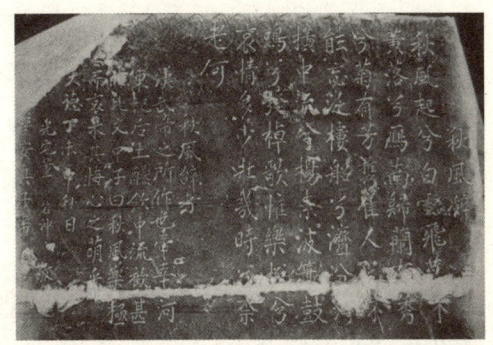

「《秋风辞》碑，〔元〕董若冲书，石碑存放于山西万荣后土祠秋风楼中」

贾谊悲歌

伴随着汉代社会的安定和经济的恢复，文化教育得以正常进行，文学创作也逐渐活跃。汉初文人好辞而爱赋，汉初诗歌也很快在继承屈骚传统的基础上取得了卓越成就。显示其成就的作品，则是贾谊在长江流域创作的骚体诗。

洛阳人贾谊（公元前200—前168年），18岁时便以擅长诗文而闻名于郡中，20岁应召为汉文帝博士，满怀忠贞之情向汉文帝陈说革除时弊、消除隐患、维护国家长治久安的良策，孰料壮志未酬，却遭谗被疏，贬为长沙王太傅。赴任途中，涉渡湘江，有感屈原遭遇，伤悼自己身世，于是作了流传千古的《吊屈原赋》：

　　恭承嘉惠兮，俟罪长沙。
　　侧闻屈原兮，自沉汨罗。
　　造托湘流兮，敬吊先生。
　　遭世罔极兮，乃殒厥身。
　　呜呼哀哉，逢时不祥。
　　……
　　彼寻常之污渎兮，岂能容吞舟之鱼！
　　横江湖之鳣鲸兮，固将制于蝼蚁。

汉代人不分"辞"、"赋",故将屈原的楚辞作品称为"屈原赋",将自己创作的骚体诗也冠以赋名。这篇辞赋,将屈原之哀与作者之悲相交融,将屈原之愤与作者之怨同倾诉,感情深沉而激切、丰厚而强烈。

居长沙三年,贾谊落落寡欢,又恐寿命不长,偶见鵩鸟(即猫头鹰,古人以为是不祥之鸟)飞临其舍,降栖其坐席一端,不由感慨万千,因而写出了后人称道的《鵩鸟赋》。在赋文中,贾谊据道家委命乘化、与道浮游的学说,故作旷达之语聊以自慰,与屈原作《远游》的出发点相同而内容不尽一致,字里行间仍充溢着悲愤和怨

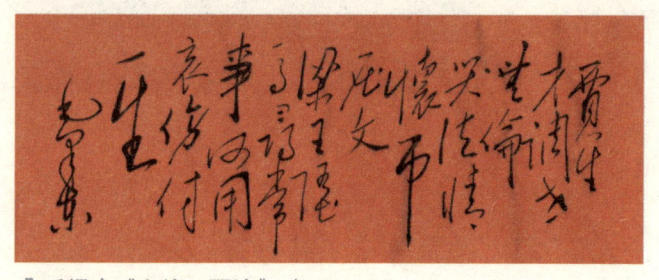

「毛泽东《七绝·贾谊》」

艾。其情其境,感动人心。其辞其语,也发人深思。当代伟人毛泽东,称扬贾谊情志,欣赏贾谊文才,爱读贾谊此赋,曾对人说:"我读过十几遍,还想读,文章不长,可意境不俗。"

汉文帝想起才华横溢的贾谊,把他召回京城,却终究没有重用他。唐代诗人李商隐因此作《贾生》诗为他鸣不平:"宣室求贤访逐臣,贾生才调更无伦。可怜夜半虚前席,不问苍生问鬼神。"后来,贾谊改任梁怀王太傅。梁怀王不幸坠马而死,他也郁懑而亡,年仅33岁。虽然英年早逝,他的文学成就却卓绝当世。他是汉初杰出的骚体诗人和政论散文家。由于他的遭际颇似屈原,情志与屈原相通,诗文有屈原遗风,司马迁在《史记》中将他与屈原合写为一传,后人也往往是"屈贾"连称。

文士骚赋

上有所好,下必甚焉。汉武帝倡导和鼓励文学创作,诗文创作在武帝时代大盛。著名文士竞相吟诗作赋,诗苑赋坛繁花似锦。董仲舒、司马迁、东方朔等,都有骚体诗传世。生长于长江上游的司马相如,则是当时最为杰出的赋家和诗人。

蜀郡成都人司马相如(公元前179—前118年),才华横溢,倜傥风

两汉

流,以辞赋名世。汉景帝时,他入仕长安。却因景帝不好辞赋,深感失意,于是免官游梁,成为罗致文士、褒奖创作的梁孝王门客。不久,梁孝王死,他怏怏归蜀。在蜀中,他以琴心挑得富豪之女卓文君私奔,并与卓文君当垆卖酒,传为佳话。汉武帝偶然读到他的

「司马相如琴挑卓文君」

《子虚赋》,大为赞赏,深以不能见到作者为遗憾。时任狗监的同乡扬得意禀告作者下落,武帝立即召见了他。他为武帝改作"天子游猎之赋",写成冠绝一代的大赋——《子虚赋》和《上林赋》(或合称《子虚上林赋》《天子游猎赋》)。武帝阅其赋而惊其才,任其官而授其职,从此对相如十分宠幸。

司马相如不仅以大赋创作卓绝汉世,而且还创作有多篇骚体诗赋,如《长门赋》《哀秦二世赋》和《大人赋》等。他的骚体诗赋,也足以体现汉武帝时代骚体诗的创作成就。

　　夫何一佳人兮,步逍遥以自虞。
　　魂踰佚而不反兮,形枯槁而独居。
　　……

相传汉武帝的陈皇后失宠后,别居长门宫内,愁闷悲怨,听到相如文名,于是以重金求相如作赋聊以解愁。相如赋成,汉武帝读后感悟,重又宠爱陈皇后。传说未必当真,但《长门赋》的艺术感染力实强。这篇赋,通过对宏大而空寂、豪华而幽深、富丽而凄冷的宫室外的详尽铺写,通过对哀鹤、枯杨、黄昏、孤月等景象的刻意表现,通过对登台遥望、抚琴寄情、屣履彷徨、寝床梦想等后妃的各种举动的细致刻画,在环境的烘托、气氛的渲染和人物的描绘之中,将失宠后妃的万般悲苦、无限哀怨表达得淋漓尽致。

沛(今江苏沛县)人刘向(约公元前77—前6年),是刘邦的后裔,

学识渊博,生逢西汉末年王朝衰微之世,忧患国家前途,抨击争权乱政的宦官外戚,以致两度入狱,几乎丧命。他的辞赋作品,大都亡佚,仅存骚体诗《九叹》。《九叹》是他"追念屈原忠信之节"而作,模拟屈原《九章》,共有九篇。因与屈原情志相通、遭际相似,即都是王族子弟、都怀爱国之情和报国之志,又都忠而见疑、信而被谤,他作《九叹》,也借追念屈原而感伤身世,托屈原往事以表达自己幽怨。比起《九怀》来,《九叹》则多带真情实感。刘向在中国文学史上的一大贡献,是汇集屈原、宋玉及汉人的拟骚诗、包括《九叹》,编成《楚辞》一书,这便进一步扩大了兴盛于长江流域、以楚辞为代表的骚体诗的影响。

与刘向同时代的扬雄(公元前53—18年),蜀郡成都人,是继司马相如之后的辞赋大家。他自幼好学,酷爱辞赋,崇拜屈原,仰慕司马相如,作赋也取法屈原和司马相如。在蜀中,他便写成结构宏大、文采斐然的《蜀都赋》,因而成名。壮岁入京都长安,他被喜爱辞赋的汉成帝任为文学侍臣,从此历官成、哀、平三朝及王莽新朝。

《逐贫赋》,是扬雄的抒情小赋名作:

扬子遁世,离俗独处。
左邻崇山,右接旷野。
邻垣乞儿,终贫且窭。
礼薄义弊,相与群聚。
惆怅失志,呼贫与语。
……

赋用四言句式,基本合韵,体格类同屈原《橘颂》,只是省去了句尾"兮"字。赋文出人意表地将社会现象"贫困"拟人化,以诙谐调侃的笔调揭露了贫富悬殊的现实,流露了自己生活困窘的辛酸,表白了安贫乐道的心志,立意新颖、构思巧妙、蕴藉丰厚、辞藻典雅。

东汉扶风安陵(今陕西咸阳)人班固(公元32—92年),自称先祖"与楚同姓",是楚国王族、楚国名相子文的后裔,仿效司马相如赋作有《两都赋》,开创"京都大赋"体格,为汉魏六朝人

「古节俗"送穷神"」

推重，但更以史家著称。

大科学家兼文学家张衡（公元78—139年）是楚国故地南阳（今属河南）人，热爱故乡，曾专门作《南都赋》予以讴歌。他也深受楚辞、楚文化的影响，熟读屈骚宋赋，通晓《老子》《庄子》。青年时代，他热衷于大赋创作，历时十年，写出《二京赋》（《东京赋》和《西京赋》），确立

「南阳张衡博物馆塑像」

了他为东汉辞赋大家的地位。晚年，他目睹国家衰乱，疾恶现实黑暗，叹息理想莫酬，萌生退隐思想，写了一些抒发忧思感愤、表达超世绝俗情绪的诗赋。如其代表作《四愁诗》，取法屈骚，采用比兴象征手法，以美人喻君王，以珍宝喻仁义，以水深雪雾喻小人；又借鉴民歌重章叠咏方式，反复咏叹，突出主题，增强抒情性；基本上以七言成诗，扩大了诗句容量；文辞选用精当，典雅富丽。因此，它题旨鲜明、抒情深婉、辞章华美，形式上既有继承性又有创造性，对后世诗歌创作、尤其是七言诗的产生和发展有着很大影响。

七字一句而句式整齐的七言诗，也犹同五言诗，主要是由楚辞孕育并从骚体蜕变而成为中国古典诗歌的重要体裁。明清之际的大儒顾炎武在《日知录》中指出："昔人谓《招魂》《大招》，去其"些"、"只"，即是七言诗。"结束其蜕变、奠定其体制者，主要是爱骚又长于骚赋的故楚之地文人。张衡的《四愁诗》基本可称七言正格，体现了七言诗直接从楚辞中蜕化出来的初始状态和残留痕迹。其一歌云：

我所思兮在太山，欲往从之梁父艰，侧身东望涕沾翰。

美人赠我金错刀，何以报之英琼瑶。

路远莫致倚逍遥，何为怀忧心烦劳？

《四愁诗》抒写明主难遇、壮志难酬的愁思，在创作精神、表现手法和遣词用语上都效法屈骚，在体式上则纯用七言，仅首句仍为骚体句式，

而且构成上四下三的统一节奏和句句押韵又每诗两换韵的固定韵律，还借鉴《诗经》而作重章叠唱、反复咏叹的艺术表现，可谓兴寄遥深，意境阔阔，声情顿挫，文辞华茂，余音绕梁，耐人寻味。

汉末建安年间，涌现出以"建安七子"为代表的一批诗人。"七子之冠冕"，是经历了困苦流离的王粲。

王粲（公元177—217年）虽然不是长江流域人，但他的故乡在战国时为楚地。建安前期，他因避北方战乱，流寓荆州。他的代表作《登楼赋》和《七哀诗》，亦写于荆州或奔荆州的途中。

「襄阳仲宣楼」

登兹楼以四望兮，聊暇日以销忧。
览斯宇之所处兮。实显敞而寡仇。
挟清漳之通浦兮，倚曲沮之长洲。
背坟衍之广陆兮，临皋隰之沃流。
北弥陶牧，西接昭丘。
华实蔽野，黍稷盈畴。
虽信美而非吾土兮，曾何足以少留。
……

王粲登上的城楼，故址在今湖北当阳。文中写到的漳水、沮水流域，正是楚人和楚文化的发祥地。这篇基本上是骚体的《登楼赋》，借景抒情，托事达意，将怀乡之思、伤时之哀、寂寞之悲以及抱负莫展的痛苦，抒发得淋漓尽致。

广陵（今江苏扬州）人陈琳（公元？—217年），也是"建安七子"之一。他的《饮马长城窟行》，用乐府旧题写百姓疾苦，真切动人，是历代传诵的名篇。

乐府古诗

乐府本是官府名，汉初设立乐府管理乐事。它的主要任务，便是给可以合乐歌唱的诗歌配乐，用于统治者宴享、祭祀等需要。汉武帝又扩大乐府，让乐府采集民歌，既满足声色娱乐的需要，又可以观风俗而了解政治得失。于是，入乐府、可合乐的诗歌风谣便大量增多，形成一种特定的乐府诗,后人即将乐府诗径称为"乐府",乐府也就成了一种诗体的代称。乐府诗体主要由楚歌、楚辞演变而成,又由东晋、南朝之际的长江流域文人定名。

"乐楚声"的汉初帝王,欣赏的乐府也多为楚歌。今存汉代最早的乐府诗《安世房中歌》,就是汉高祖的唐山夫人所作楚歌,形式上又较传统楚歌有所变化。

西汉中期至东汉晚期,汉代文人的诗歌作品不繁荣,汉代民间的诗歌创作却相对兴旺。民歌"感于哀乐,缘事而发",民歌创作和吟唱是民间文化生活的重要内容。不过,今存的汉代民歌,仍以东汉、特别是东汉后期的作品为多。汉代乐府民歌,也最能体现汉代乐府诗的价值。民歌的作者和创作时地一般难考,但汉代乐府民歌中的一些篇章,明显或明言产生在长江流域。

江南可采莲,莲叶何田田,鱼戏莲叶间。

鱼戏莲叶东,鱼戏莲叶西,鱼戏莲叶南,鱼戏莲叶北。

由歌谣的内容可知,这首收入《乐府诗集·相和歌辞》中的古辞,是描写江南青年男女采莲情景的民歌,或为汉武帝时采集的"吴楚汝南歌诗",被公认是汉代乐府民歌的佳作。夏秋之季,莲藕成熟,青年男女邀集同行,于天高气爽、风和日丽之时,外出采莲;湖中水间,

「采莲图,赵蕴玉工笔画」

莲叶浮动,鱼儿竞游,采莲男女兴高采烈,引吭歌唱,你唱我答,互应群合,声音传情,眉目示爱,追逐嬉戏,求偶寻侣……多么欢快的民间劳动场景,又是多么优美的江南风俗画。歌谣采用了民歌常用的比兴、双关和铺排、咏叹的手法,以"莲"谐"怜"而象征爱情,以"鱼戏莲叶"隐喻男女求爱寻偶,语言清新自然,境界开阔朗丽,抒情委婉含蓄。至今读来,仍让人若临其境,体味无穷,联想深远。

「《孔雀东南飞》诗意图，萧玉田作品」

《孔雀东南飞》，是描述建安年间庐江府（治所在今安徽潜山）小吏焦仲卿和妻子刘兰芝的婚姻悲剧的长篇叙事诗。这首诗歌，长达1700多字，生动具体又简要精当地描述了刘兰芝的成长及婚后悲剧的全过程，成功地塑造出刘兰芝及焦仲卿、焦母的鲜明形象，深刻地反映了封建礼教扼杀人性、残害人命的罪恶，充分地表达了当时人们对焦、刘夫妇双双殉情的悲悼，热情地歌颂了两情相依的婚姻理想，语言朴实而富于表现力，情节曲折而引人入胜，内容丰富而具有社会意义。今日学者们高度肯定它的思想性和艺术性，认为它集中地体现了汉代乐府民歌的成就。

"古诗"，指的是古代经久流传又不知作者及难定写作年代的诗歌。这里所谓"古诗"，特指汉代无名文人的五言诗作。现存的汉代"古诗"，基本上都是东汉末年的下层文人慨叹人生的抒情歌咏，内容多写伤时嗟老、离愁别绪、思乡怀人、游宦哀怨、世态感触之类，在一定程度上反映了当时的生活状况、文人遭际和社会情绪。它们是在动乱时世里感于哀乐而竞相吟咏的产物，借鉴了以往诗歌、尤其是乐府民歌的创作经验，表现手法丰富多样，语言运用颇具匠心，艺术造诣较高，标志着五言诗的发展成熟，为魏晋南北朝诗歌创作的兴盛奠定了基础。

"古诗"既然是作者无名、作时未详，其作地自然也难考。不过，从其中某些篇章的内容看来，也可以推定它们产生的大致地域。《涉江采芙蓉》《新树兰蕙葩》和《橘柚垂华实》，都当是产生于长江流域的诗歌，也都是为人称颂的汉代五言诗佳作。

每句五字、句式整饬的五言诗，是中国古典诗歌的主要体裁之一。五言诗的起源，古人说法不一，今人也无定论。但沿波讨源，观澜探流，五言诗可谓脱胎于楚辞、推衍于乐府、成熟于汉末、腾踊于魏晋、盛行于南朝以降。五言诗的形成和发展，也主要是长江文化的孕育和贡献。

魏晋南北朝

经汉末大乱，中国社会进入了长期动荡和分裂的魏晋南北朝时期。

国家不幸诗家幸，世道不昌诗歌昌。时代的原因及文学发展规律使然，这一时期的诗歌创作，形成了湛澹滂沛的壮观景象。由于文人热衷于诗歌创作也致力于诗歌艺术的追求，这一时期的诗歌不仅数量丰富，而且成就巨大，为中国诗歌史上的巨涛洪峰在其后的形成提供了条件并积聚了能量。

这一时期里的长江流域诗歌，最能反映这一时期诗歌创作的盛况和成就，也具有代表性地反映了这一时期长江文化的主导地位及形成为隋唐文化发展基础的演进过程。

三曹父子

汉末建安年间到魏初的文坛盟主,是长江流域沛国谯(今安徽亳县)人曹操和曹丕、曹植父子。染有老、庄气质又袭得庄、屈遗风的三曹父子,是长江流域文学传统的继承者,是重在抒情写性的文学新风的导扬者。他们"以情纬文,以文被质"的创作,为魏晋文学的发展作出了表率。

「三曹父子雕像」

一代雄豪、曹魏江山的开创者曹操(公元155—220年),"外定武功,内兴文学",登高必赋,兴至即歌,叙事写实,抒情言志,慷慨苍莽,气韵沉雄。历来为人称道的《薤露行》《蒿里行》等,是汉末世乱民瘼的真实写照,也是具有济世安邦伟志的政治家的沉痛悲歌。他的名作《龟虽寿》,抒发人生有为、自强不息、老当益壮、奋勇进取的英雄情怀,奏出了高亢激越的时代乐章。其"老骥伏枥,志在千里;烈士暮年,壮心不已"的豪迈歌咏,不知激励了后世多少志士仁人。他的另一篇代表作《短歌行》,相传作于赤壁大战前夕。诗歌感叹人生苦短,忧虑伟业难竟,期盼贤能毕至,企望天下归心,志大情激,思幽声烈,赋诗作歌,一吐为快;沉郁顿挫,酣畅淋漓,不假雕饰,文若其人。曹公慷慨悲凉的诗作,实发"建安风骨"端绪。

魏文帝曹丕(公元187—226年),笃好斯文,"才艺兼该"。所作《典论·论文》,是中国历史上第一篇文学理论专著,高度肯定了文学的社会价值和历史作用。因生活经历不同于其父,又缺乏其父的英雄豪气,他的诗风也迥异于父诗,显得清绮婉丽。

《燕歌行》二首,是他的代表作。其一歌云:

魏晋南北朝

秋风萧瑟天气凉，草木摇落露为霜，群燕辞归雁南翔。
念君客游思断肠，慊慊思归恋故乡，何为淹留寄他方？
贱妾茕茕守空房，忧来思君不敢忘，不觉泪下沾衣裳。
援琴鸣弦发清商，短歌微吟不能长。
明月皎皎照我床，星汉西流夜未央。
牵牛织女遥相望，尔独何辜限河梁。

诗歌借鉴楚辞和汉武帝《秋风辞》的以秋景托悲情的手法，将思妇的无限哀愁细致委婉地抒写出来，情景相生，真切动人。抒写思妇情怀之作，自《诗经》以来屡见不鲜，但从未有表现得如此深婉凄切、淋漓尽致者。《燕歌行》通体用七言，显示出七言诗发展在张衡之作基础上的又一大进步，标志着规范的七言诗体格的正式形成。只是它依然句句用韵，掩抑徘徊，且在行文用语上也有骚体余习，因而还不能说是七言诗的成熟形态。

"任性而行，不自雕励"，才高八斗，诗文绝伦的曹植（公元192—232年），颇有其父之风，曾深得曹操宠爱，差一点被立为太子。可是，他也因此受到其兄曹丕的嫉恨。曹丕即位后，对他织网迫害。传世千古的《七步诗》，据说即曹植因受曹丕逼迫而作：

煮豆燃豆萁，豆在釜中泣。
本是同根生，相煎何太急？

《世说新语》记述，魏文帝曹丕命令曹植在七步之内作成一首诗，完不成则格杀勿论。曹植应声咏出此诗，让其兄惭愧不已。曹丕也是饱学睿智的帝王，难以想象他会无所顾忌地公然逼杀兄弟。这首诗是否曹植之作，这个故事是否史实，值得考证。但诗文以萁豆相煎比喻曹丕对同胞兄弟的迫害，形象生动，喻示真切，揭露深刻，世人大多对其诗其事信以为真。曹丕死后，其子魏明帝曹睿又对他圈牢禁制。他志不得伸，才不被用，年过40便忧愤死去。

「《七步诗》诗意图」

人生不幸的曹植，将自己渴望建功的伟志、报国无门的幽怨、备受压抑的痛苦、超越现实的遐思倾注于诗文创作，如其代表作《野田黄雀行》《白马篇》《名都篇》《美女篇》《薤露行》《赠白马王彪》等。尽管是人陷时网，怀忧嗟生，曹植犹存建功报国的壮志。《杂诗·仆夫早严驾》抒写：

> 仆夫早严驾，吾行将远游。
> 远游欲何之？吴国为我仇。
> 将骋万里途，东路安足由？
> 江介多悲风，淮泗驰急流。
> 愿欲一轻济，惜哉无方舟。
> 闲居非吾志，甘心赴国忧。

当时，魏国与吴国的战事又启，经年不息，曹植不甘心闲居无为，期盼奔赴疆场，为国纾难。可是，"江介多悲风"，空有一腔热血，毕竟壮志难酬，诗人将心中悲慨寄寓风烈浪高的长江，诗歌以风烈浪高的长江烘托诗人壮怀激烈的形象，因而更显感情丰厚深沉，形象鲜明高大。

曹植赋诗作文，继承屈骚"发愤以抒情"的传统，并且在艺术上也深受楚辞影响。他的辞赋代表作《洛神赋》，借鉴屈原的《湘君》《湘夫人》，取法宋玉的《神女赋》，乃成意蕴丰厚、风格浪漫、词采流丽的千古名篇。

三曹之中，也以曹植的文学成就最高，在文学史上的影响最大。两晋南北朝人极为推重曹植，甚至将他推崇到了诗圣的地位。曹植的诗歌，不仅因"骨气奇高"而充分体现了"建安风骨"，而且在艺术上也多有创新和发展，尤其是大大丰富了五言诗的表现功能，可以说是集建安诗歌艺术之大成，为两晋南北朝诗歌创作树立了典范。

阮籍嵇康

魏晋之际的文坛之杰，是阮籍和嵇康。两人都是风仪卓异、志气宏放、博学多才、誉满海内的一代名士，是当时的文人偶像——"竹林七贤"的代表。

魏晋南北朝

阮籍（公元 210—263 年）并非长江流域人，但深受楚文化影响。他平生所作的《咏怀诗》80 余首，寄旨遥深地抒写他的伤时忧生、愤世嫉俗的复杂感情，展示了他身处黑暗现实中的痛苦心灵，反映了他对理想的人生和人格的追求，创作精神和艺术表现上都继承了屈骚传统，并且丰富和发展了屈骚的比兴象征手法，可入长江流域诗歌大系。

「竹林七贤图，傅抱石作品」

《咏怀诗》其十一，尤为明显地反映出楚辞、楚文化对阮籍诗歌创作影响：

　　　　湛湛长江水，上有枫树林。
　　　　皋兰被径路，青骊逝骎骎。
　　　　远望令人悲，春气感我心。
　　　　三楚多秀士，朝云进荒淫。
　　　　朱华振芬芳，高蔡相追寻。
　　　　一为黄雀哀，泪下谁能禁！

诗的前六句化用屈原《招魂》辞句，描绘出悲情浓郁的境界。接下两句用宋玉作《高唐赋》故事，借以指斥曹魏君臣荒淫误国。后四句又用楚人庄辛谏楚襄王的故事，哀叹曹魏统治者只知追求享乐，却不计后患，以至于被司马氏篡权夺国。诗歌全是据楚辞、本楚事而咏成，通过借引用而抒发出诗人对时事的深沉感慨。

「阮籍像」

以咏怀为题的抒情组诗，是阮籍的首创。阮籍《咏怀诗》又大量运用比兴象征手法和用事用典，因而"言在耳目之内，情寄八荒之表"，形成独特的艺术风格，对后世影响很大。值得注意的是，后人仿效阮籍诗而抒写成组的咏怀之作并大有成就的，基本上都是长江流域人。如作《饮酒》的陶渊明，作《拟咏怀》的庾信，作《感遇》的陈子昂，作《古风》的李白。这也表明屈骚开创的诗歌艺术精神，成了长江流域诗歌创作一直被继承和发扬的传统。

谯国铚县（今安徽宿县）人嵇康（公元223—262年），个性刚直简傲。阮籍忧惧生命不保，违心地接受了司马氏的官职，只是以放浪形骸的表现对抗虚伪"名教"。他却对司马氏集团的威逼利诱无所畏惧，公然采取不与合作的态度，并且对其标榜的虚伪"名教"给予了尤为激烈、尖锐的抨击。司马氏不能夺其志，悍然夺其命，以"言论放荡，非毁典谟"的罪名将他杀害。他临刑东市，神色不变，索琴弹奏秘传的古琴曲《广陵散》，唯叹"《广陵散》于今绝矣"！死时年仅40。当时豪俊，无不敬重悲惜。

「嵇康临刑图」

任真傲俗、泥而不滓、伏清白以死直的嵇康，其人格精神类于屈原，其诗歌创作也不像怆恨终生的阮籍那样隐晦曲折地抒情达意，而是直露峻切、清逸俊雅。《赠秀才入军》18首，是嵇康寄赠其兄嵇喜的一组诗歌，比较鲜明地体现了其诗风格。

阮、嵇两人，互映生辉。就成就来看，阮籍是诗胜于文，嵇康是文胜于诗。就诗风而言，"嵇志清峻，阮旨遥深"。就影响比较，阮籍主要在于文学创作，嵇康主要在于精神风度。

陶潜田家语

西晋的"八王之乱"，导致社会分裂。黄河流域，成为所谓"五胡乱华"的少数民族激烈争夺的动荡萧条之地。长江流域，则成为东晋、南朝更替承续的相对安宁之地。因此，中原士族和民众为避战乱而大量南迁，当时中国的经济文化重心也南移至长江流域。

南北政治分裂，南北经济文化也相对独立地发展而显现出不同的风格特色。长江流域文化,成了当时中国文化的主导。长江流域诗歌,成了当时中国诗歌的代表。

晋代玄风大畅,导致论道说玄的"玄言诗"兴发于西晋而盛行于东晋。南渡后避居东南的郭璞(公元276—324年)则变创玄言诗体而力作"游仙诗",取得一定成就。

味同嚼蜡的玄言诗诚不足道,颇为俊美的游仙诗也不足以代表东晋诗歌的成就。代表东晋诗歌成就的,是被誉为"隐逸诗人之宗"陶渊明的田园诗。

陶渊明(公元365—427年),名潜,浔阳柴桑(今江西九江南)人,是东晋开国元勋陶侃的重孙,青少年时仰慕曾祖父功业而"猛志逸四海,骞翮思远翥",怀有大济苍生的理想,加上家境衰落而生活困难,故至中年时数度入仕做官。可是,怀高尚、抱孤介的他,愤疾士族统治下"八表同昏,平陆伊阻"的现实,慨叹"举世少复真",每每"不堪吏职,少日自解归"。41岁时,他出任彭

「渊明逸致图(明代人作)」

泽令,仅在职80多天,就因不愿束带拜迎郡邮督,浩叹"我岂能为五斗米折腰向乡里小儿",随即弃官归乡,同时写了一篇《归去来兮辞》,表达从此绝别官场、解脱"形役"、投身自然的心志。

本来就由贫而仕的陶渊明,归隐后就只能躬耕自养了,而且生活日益艰苦困顿,正像他在诗中描述的那样,"贫居依稼穑,戮力东林隈"、"躬亲未曾替,寒馁常糟糠"。可是,他"不言春作苦,常恐负所怀"、"竟抱固穷节,饥寒饱所更",无怨无悔地在田园生活中酣饮以陶然、赋诗以抒怀,在投身自然中"击壤以自欢","傲然以称情"。他真切地抒写了从事农业生产的欣豫感受,如《归园田居诗》五首等。他"寄酒为迹"而写成的组诗《饮酒》20首,则集中地反映了他的生活感受、思想境界和人格精神。其第五首写道:

「东篱赏菊图，（明）唐寅作品」

结庐在人境，而无车马喧。
问君何能尔？心远地自偏。
采菊东篱下，悠然见南山。
山气日夕佳，飞鸟相与还。
此中有真意，欲辩已忘言。

人境是不可超越的，陶渊明也只能在人境结庐，但他达到了"心远"尘世的精神境界，故庐在人境却地自偏远，犹似生活在"无车马喧"的宁静真朴社会。菊花、东篱、南山、山气、飞鸟，都是人境中的自然物，但他与之投合而兴致悠然，体悟到不可言传的自由快适的人生"真意"。"采菊东篱下，悠然见南山"两句，生动形象、逼真传神地写出了他在田园生活中的恬淡安闲，深得后人赞誉。《饮酒》第八首，以青松自喻，表现了陶渊明高洁坚贞的人格：

青松在东园，众草没其姿。
凝霜殄异类，卓然见高枝。
连林人不觉，独树众乃奇。
提壶挂寒柯，远望时复为。
吾生梦幻间，何事绁尘羁。

在《饮酒》第九首中，他又用楚辞典故、承屈原情志，表明自己决不再入仕途、随波逐流、与世俗同流合污。

晚年的陶渊明，感慨更多，思索更深。他赋诗作文，除了继续抒写田园生活之外，或咏叹历史，或针砭现实，或思辩人生，或表现理想，诗文内容丰富复杂，诗文风格也不尽一致。由于从未消解济世猛志，他也从未放弃社会理想，故在晚年写出了向往古朴、安宁、和乐、幸福的农耕社会生活的旷世杰作《桃花源诗并记》。

可是，陶渊明在63岁时因贫病交加、抱着他的桃花源梦想辞别了人间。不过，他活着洒脱，死时也通达，死前为自己写了《挽歌诗》三首、《自祭文》一篇。"有生必有死，早终非命促"，"死去何所道，托体同山阿"，这在古代也是多么可贵的人生态度。

「桃源仙境图（局部），（明）仇英作品」

"不赖固穷节，百世当谁传？"（《饮酒》其二）陶渊明是"宁固穷以济意，不委屈而累己"（《感士不遇赋》），因此名重当时，风范百世。他死后不久，人们美谥他为"靖节征士"。他依托老庄、效法屈原而固穷守节的人生追求和人生方式，使得古代进步文人的理想人格和人生具有了现实性并因而得以确定，他也成了继老、庄、屈之后长江文化的代表人物之一，成了中华民族高风亮节的典范之一。

情真语亦真，心淡文亦淡。他的诗歌，就好像从他心中自然流出，当行则行，当止则止，不假雕饰，自然天成，许多都平白如田家语、省净似简笔画，体现出真率自然、质朴平淡的基本风格，却渊放而蕴藉、平淡却味长。

唐代以后，人们越来越推崇陶诗。宋代大文豪苏东坡在《与苏辙书》中甚至说，陶渊明诗"自曹、刘、鲍、谢、李、杜诸人，皆莫及也"。

二谢山水诗

南朝宋代诗坛成就最高的诗人，是祖籍东海（今江苏涟水北）、出生于京口（今江苏镇江）、奔走于长江中下游的鲍照（约公元414—466年）。鲍照曾随临川王在江州（今江西九江）任职，寓游江州附近。今武穴一尖山明月峰，有传说的鲍照读书台。

鲍照才高志大，但家世贫贱，在门阀士族垄断政权的宋代社会，他汲汲奔走于仕途，

「武穴市一尖山明月峰上传说的鲍照读书台」

渴望有所作为、能展宏图，却一生备受压抑、郁不得志，一生发愤抒情，将人生坎坷的哀感、怀才不遇的悲怨、报国无门的郁愤，一泻无余地倾注在诗文创作中。他的乐府诗《拟行路难》18首，尤为人们称道。其六歌云：

　　对案不能食，拔剑击柱长叹息。
　　丈夫生世会几时，安能蹀躞垂羽翼？
　　弃置罢官去，还家自休息。
　　朝出与亲辞，暮还在亲侧。
　　弄儿床前戏，看妇机中织。
　　自古圣贤尽贫贱，何况我辈孤且直！

　　郁积在诗人胸中的激愤不平之气，就像火山爆发一样喷涌而出，奔泻成文。强烈的自我表现、淋漓的感情抒发，展现出诗人孤高耿直的鲜明形象，揭示了诗人沉沦下僚的痛苦心境。诗歌慷慨悲凉，荡气回肠。《拟行路难》18首，主要内容就是抒写世路艰难的怨愤及离别相思的悲苦，感情充沛，个性突出，气势宏放，风格俊逸，明显地继承了汉魏风骨，奏出了盛唐之音的先声。这组诗歌，形式上大体以七言为主，杂用五言，音调抑扬顿挫，辞藻丰富华美，对七言诗体和诗歌艺术的发展都作出了贡献。

　　西汉以来，鲍照是第一位致力于七言诗创作的诗人，也是第一位在七言诗作中破除用韵陈法、抹去骚体余痕的诗人。鲍照对七言诗的变革和创新，终使七言诗彻底改变了早期的原始面貌，克服了用韵密集而只能为短歌小章的局限，从而能够充分发挥其容量大、抒情性强、表现丰富、节奏舒缓、韵律柔曼又恣肆豪宕、缤纷华茂的优长，以致可与五言诗各竞所长、相互补足又颉颃并驾而成为中国古典诗歌的主要形式。鲍照之后，文人的拟乐府诗及七言诗都流行开来了。

　　稍晚于鲍照而活跃在宋、齐、梁三朝文坛的江淹（公元444—505年），出身和早年经历与鲍照类似，作诗也有意识地模仿鲍照，袭得鲍诗风格。可是，江淹自中年以后仕途顺利，安富尊荣，无心苦吟，诗歌创作也缺乏慷慨之气，多为模拟文字，为时人所不屑。当时，竟流传有不同版本的"江郎才已尽，写诗无佳篇"的故事。

　　《文心雕龙·明诗》说："宋初文咏，体有因革。庄老告退，而山水方滋。"所谓"庄老"，指的是盛行于东晋、以虚谈老庄玄理为主要内容的玄言诗。所谓"山水",指的是以自然山水为题材的山水诗。致使山水诗取代玄言诗而成为诗坛主流的变革人物,则是与鲍照同时代的谢灵运。

谢灵运(公元385—433年)是世家豪门子弟,是东晋名将、"淝水之战"的功臣谢玄的孙子,18岁就袭爵康乐公。刘宋代晋后,谢氏家族的特权地位下降,谢灵运不受重用。他因而心怀怨愤,恣意遨游山水、宴集娱乐,不恤政事,同时也游心艺文,泛咏皋壤、力写山水,借以排遣对现实政治的不满情绪。

「谢灵运像」

他的山水诗作如《登池上楼》《登江中孤屿》《从斤竹涧越岭溪行》等,以富丽精工的语言,记述了游山玩水的观感,给当时诗坛带来了清新的气息。《石壁精舍还湖中作》,可谓充分体现出谢诗的风格和造诣:

> 昏旦变气候,山水含清晖。
> 清晖能娱人,游子憺忘归。
> 出谷日尚早,入舟阳已微。
> 林壑敛暝色,云霞收夕霏。
> 芰荷迭映蔚,蒲稗相因依。
> 披拂趋南径,愉悦偃东扉。
> 虑澹物自轻,意惬理无违。
> 寄言摄生客,试用此道推。

诗歌以"还"为线索,铺叙出游一天后在返归途中的所见所感,写得井井有条、丝丝入扣、细致生动、精美雅丽。犹如工笔重彩的山水画卷,蕴藉丰厚,耐人咀嚼。末四句虽为说理,倒也衔接得比较自然。其中写景佳句"林壑敛暝色,云霞收夕霏",深得后人赞叹。

大力创作山水诗的谢灵运,对自然山水刻意作诗化的艺术表现,写诗精心雕琢、惨淡经营,形成其清新艳丽的风格,在当时诗坛上可谓"殊响俱清越",并且产生了"异音同至听"的影响。谢灵运之后,山水诗便在南朝诗坛蔚为大观。

不过,谢灵运的山水诗,还显露出山水诗初兴时不太成熟的风貌,佳句丽辞多而华章杰构少,往往是有句无篇,而且尚带有玄言诗的痕迹。

欣喜的是,谢家人才辈出。谢灵运的族侄谢朓,踵武承风、出蓝胜蓝,将南朝山水诗发展成熟。后人因而称两人为"大谢"和"小谢"。

主要活动在齐代的谢朓(公元464—499年),长期奔波在长江中下游,在诸王门下做幕僚,后任宣城太守,却比谢灵运更不幸,36岁便受人陷害,下狱而死。他的出身和经历,类同于谢灵运;他的思想感情,也多与谢灵运相通共鸣。他作诗,有意模仿谢灵运诗以抒情达意。所作优秀诗篇,大多是山水诗。其风格虽与谢灵运诗一脉相承,其艺术则显得更加圆熟清丽。如古今人们激赏的描写长江风光的名篇《晚登三山还望京邑》《之宣城郡出新林浦向板桥》,不仅其中的写景名句"余霞散成绮,澄江静如练"、"天际识归舟,云中辨江树"令人叫绝。而且全诗情景融洽、意境完整、不杂玄言、洗净芜词。又如《望三湖》:

「安徽宣城谢朓楼」

　　积水照赤霞,高台望归翼。
　　平原周远近,连汀见纤直。
　　葳蕤向春秀,芸黄共秋色。
　　薄暮伤哉人,婵媛复何极!

这首诗,作于谢朓任职荆州时。诗人于薄暮时分,登台远望,三湖秋景,尽收眼底,即以生华妙笔,描绘出一幅萧疏淡远的水墨山水画:晚霞映湖水,归鸟翔长空,这岂不犹似唐代诗人王勃的名句"落霞与孤鹜齐飞,秋水共长天一色"的意境么!平原远近成片,沙汀曲直相连,草木稼禾茂若春景,芸芸皆黄共呈秋色;多么开阔的境界、丰富的内涵、鲜明的色调。诗歌这样简洁细致、准确生动的描绘,较谢灵运山水诗那种工笔重彩的描绘又别有韵致，而且更显清新自然，不见刻意雕琢的痕迹，诗末两句，化用屈原《九章·哀郢》辞句"情婵媛而伤怀兮"，抒发触景伤及的无限悲愁，却又不说破，表达得含蓄深沉。全诗写景抒情，浑然一体。

大谢开先河，小谢扬新波，山水诗因而滋兴。古人评论二谢："康乐每板拙，玄晖多清俊。"李白"长忆谢玄晖"，唐人诗作也深受小谢影响。

长江流域山清水秀的自然环境和崇尚自然的文化传统，孕育出山水诗。山水诗的形成，是长江文化的巨大贡献。山水诗的发展，是长江文化的鲜明特色。

大谢作诗讲究俪辞对偶，追求穷态极妍，精心雕琢刻镂。小谢作诗不仅在修辞工巧、语言精丽方面较大谢有过之而无不及，

「《之宣城郡出新林浦向板桥》，于右任书」

还进而追求"异音同至听，殊响俱清越"的音韵和美，并与同代诗人文士切磋探讨、示范倡导，终于发现了汉语的四声音调，提出了系统的声律理论，进而运用于诗歌创作中，新创出格律诗的雏形——永明体。

"永明"是齐武帝萧赜的年号（公元483—493年）。"永明体"即在永明年间创制的一种以声律理论为基础而有所规范的格律诗。对声律理论的建立起到奠基作用的，是齐代名士周颙。创制这种新诗体的主要人物，除了谢朓之外，还有历官宋、齐、梁三朝而位高望重的史学家兼文学家沈约（公元441—513年），以及宋、齐时"少而神明"的王融（公元468—494年）。

梁朝君臣和文士不仅热衷于创作永明体诗歌，还热衷于"依咏弦节"而作长短句歌词。长短句歌词在梁、陈较多出现和甚为流行之际，也正是永明体大为盛行和格律诗走向成熟之时。沈约、徐陵等大力倡导永明体诗歌和大力促进诗歌格律化的诗人们，自觉地运用了永明体诗法作长短句歌词而草创出格律化的词体。

庾信健笔

南朝梁、陈两代，诗人辈出，诗作益多。吴均、何逊、阴铿、江总等，都是当时的知名诗人。他们的诗作，也不乏佳篇。

梁代、或者说南北朝末期的代表诗人，是"暮年诗赋动江关"的庾信。

世居江陵宋玉故宅、颇得屈宋才情的庾信（公元 513—581 年），博览群书，少年成名，与为梁朝著名宫廷诗人的父亲庾肩吾一起出入禁闼，以诗赋誉满京都。

庾信早年以"宫体诗"擅名。所谓"宫体诗"，是梁、陈君臣模仿南朝民间情歌格调，主要描写女子"衽席之间"、"闺闱之内"事，以抒发其追逐声色生活的一种风格轻靡浮艳的诗体。因梁、陈君臣大量创作、极力倡扬，以致"宫体诗"兴于宫中而盛于朝野，上行下效而风行百年。不过，"宫体诗"的"清辞巧制"、"雕琢蔓藻"，对诗歌艺术性的发展有一定作用。

孰料，时值壮年的庾信出使西魏，恰逢西魏大军南下，攻陷江陵，灭亡梁朝。南归不能的庾信，只得屈仕北朝，聊度半生。然而，亡国之痛、乡关之思、身世之悲、折节之愧，缠绕他的心头，愈久愈烈。他赋诗撰文，再也不为早期声色游戏之作，多是屈原"湘累之吟"，风格也一扫前期的柔弱绮艳，变为刚健苍凉、清新俊迈。

庾诗代表作，如《哀江南赋》和仿阮籍《咏怀诗》而作的《拟咏怀》27 首，全作于为北朝羁臣的后期。《拟咏怀》第十一首，是"辞生于情，气余于采"的作品，体现了庾诗的匠心和造诣：

摇落秋为气，凄凉多怨情。
啼枯湘水竹，哭坏杞梁城。
天亡遭愤战，日蹙值愁兵。
直虹朝映垒，长星夜落营。
楚歌饶恨曲，南风多死声。
眼前一杯酒，谁论身后名？

诗歌开篇化用宋玉《九辩》名句，渲染出浓重的凄凉悲怨气氛；接着追叙梁朝的败亡及其给国民带来的极度痛苦，创造性地连用几个令人悲伤的典故来强调说明；末尾正话反说，故作旷达之辞，更为充分深沉地表达出诗人心中那无以消解的哀愁。诗歌将强烈的感情、深广的意蕴，融入在结合典故的形象性描绘中，手法老成精到，艺术的表现力和感染力很强。

杜甫赞叹："庾信文章老更成，凌云健笔意纵横。"（《戏为六绝句》其一）他的"老更成"诗歌，不仅笔健意纵，而且在形式格律上也有所发展，一些作品已是唐人五律、七律和七绝的先驱，显示出自魏晋以来继承屈宋传统而有着巨大发展的长江流域诗歌的风貌和成就，又糅合北方诗歌的刚健风格，从而促进了南北诗歌以长江流域诗歌为主导的融合发展，承前启后而为隋唐诗歌的繁盛作了铺垫。

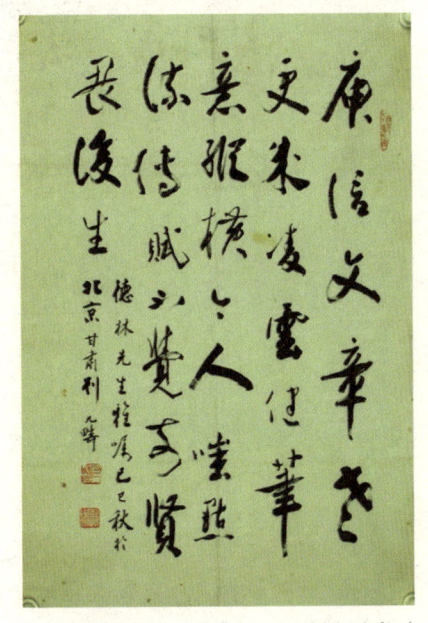

「杜甫《戏为六绝句》之一，刘九畴书」

以庾信五言、七言诗为代表的梁、陈诗作，在对仗技巧和声律运用上已大大超越了永明体诗，不仅接近于成熟的律诗，而且已有了基本成熟的律诗，还完整地形成了五律、五绝、七律、七绝和排律这些律诗的基本体类，可谓几近完成了诗歌的格律化。

南朝清音

现存的南朝民歌，是南朝乐府机关收集整理、配乐传习的歌谣，因此又称南朝乐府，以产生在吴地建业（今南京）附近的"吴声歌"和产生在楚地江汉流域的"西曲歌"为主。

"吴声歌"和"西曲歌"，共有400余首，大都是"郎歌妙意曲，侬亦吐芳词"的情歌，鲜明地反映出南朝时长江中下游的民间爱情生活与歌谣特色。

「江南春图，（明）文征明画作」

"吴声歌"中的《大子夜歌》说："歌谣数百种，子夜最可怜。慷慨吐清音，明转出天然。"《子夜歌》是"吴声歌"中的杰作，也是南朝民歌"清音出天然"而形成的清新秀丽、生动自然的风格。试举其中三首：

　　始游识郎时，两心望如一。
　　理丝入残机，何悟不成匹！

　　谁能思不歌？谁能饥不食？
　　日冥当户倚，惆怅底不忆？

　　侬作北辰星，千年无转移。
　　欢行白日心，朝东暮还西。

第一首是女子与恋人分手后的怨歌，歌中以"丝"谐"思"、以布匹的"匹"双关匹配的"匹"，委婉地表达出女子与恋人虽然原有"同心结永好"的愿望却终究不能成夫妻的悲怨。第二首用了三个反问句，直率而充分地抒发出女子独守空房，倚门怀人的无限惆怅和相思之苦。第三首抒写女子对负心郎的怨愤，用北斗星比喻女子对爱情的忠贞专一，用白天升落的太阳比喻男子的朝秦暮楚。三首歌谣或巧用双关，或直抒胸臆，或借助比喻，不拘一格却抒情自然真切，富于生活气息，既具有南方民歌的一贯特色，又显出南朝民歌的特殊风采。

"西曲歌"的基本风格虽然与"吴声歌"一致，但又带有浓郁的江汉楚歌情调。试举其《襄阳乐》三首：

　　朝发襄阳城，暮至大堤宿。
　　大堤诸女儿，花艳惊郎目。
　　江陵三千三，西塞陌中央。
　　但问相随否，何计道里长。

魏晋南北朝

女萝自微薄，寄托长松表。

何惜负霜死，贵得相缠绕。

第一曲描绘了朝发襄阳、暮宿大堤的青年男子见到大堤上如花似玉的少女而目眩心动、神驰意荡的情景，末句中的"惊"字用得准确而传神。第二曲抒写女子大胆而热烈地向男子表达真挚的爱情：只要相伴相随，何顾路险道长。第三曲以女萝附长松比喻女子向男子托付终生，抒写女子忠于爱情的坚贞态度和对长相守、不分离的夫妇恩爱生活的期盼。对照前面引录的三首《子夜歌》，可以看出，江汉流域的民间爱情生活自由浪漫，"西曲歌"的情调也热烈奔放，而吴地民歌的情调则显得柔弱婉约一些。

最能反映南朝民歌艺术成就的作品，是抒情长诗《西洲曲》：

忆梅下西洲，折梅寄江北。

单衫杏子红，双鬓鸦雏色。

西洲在何处？两桨桥头渡。

……

海水梦悠悠，君愁我亦愁。

南风知我意，吹梦到西洲。

「《西洲曲》诗意图，冯远绘」

这是一首闺情歌，写一居住西洲（当是今武汉市附近的江洲）附近的女子四季思念远去江北的心上人的缠绵深挚感情。诗歌想象丰富新奇，描写生动形象，抒情委婉细腻，章法工巧严密，语言清雅流丽，音调徐纡柔曼，并且集中地运用了民歌常用的各种表现手法，读来诚然声情摇曳、韵味无穷。一般认为，这曲歌应是南朝后期的作品，应是"吴声歌"、"西曲歌"发展到成熟阶段的产物，而且经过了文人的修饰润色。

民间文艺的地域色彩尤为浓重，南朝民歌也鲜明地体现出南北朝时期长江流域诗歌的主要特色。

隋唐五代

　　历隋入唐，社会南北统一，多元文化融合，中国封建社会的发展至于全盛，中国古代文化的发展达到高峰。

　　可是，隋唐文化的发展，是以前代发达的南朝文化为基础的。范文澜在《中国通史》第二册中指出："唐朝文化的成就，大体是南朝文化的更高发展。"至唐代，长江流域的经济文化又有了更大的发展，中国经济文化的重心也进一步南移。因此，尽管唐代是条条大路通长安、"万国衣冠拜冕旒"，但唐代文化的代表人物，却大量诞生在或长期活动在长江流域。

　　唐诗，是中国古典诗歌发展的高峰。唐诗的代表作品，有大量出自长江流域诗人之手或较多成于长江流域。

　　入唐之后，词作日益流行，并与晚唐五代勃兴。滥觞于南朝的词体，也在唐代发展成熟。词是长短句形式的格律诗，是密切结合音乐的产物。其滥觞和勃兴，都在长江流域。

初唐四杰

隋朝仅有37年,诗人文士以南朝入隋者居多,诗歌创作成就不高。

唐朝开国之初,百废待兴,诗坛名家不多。但屈指可数者,不乏长江流域人。即使并非生长于长江流域的一些颇有名气的诗人,也因游宦或流徙于长江流域而作有不少名篇。

余姚人虞世南(公元558—638年),是由陈朝历隋入唐的遗老,也是唐太宗敬重的贞观诗人。其作品多袭梁、陈绮靡诗风,但有《咏蝉》一首,因继承了长江流域诗歌的托物寄情传统而为人称道,而且开唐人咏蝉之作的先河。

王勃、杨炯、卢照邻和骆宾王,在文学史上享有"初唐四杰"的美誉。"四杰"虽然都不是长江流域人,但他们继承了长江文化传统,在创作上"以气为主,以文传意",导扬"汉魏风骨",注重比兴寄托,所作诗歌"骨气翩翩",在相当程度上反映了唐代的时代精神和唐人的精神面貌,艺术上也多有发展,从而初显唐诗特征,令世人耳目一新,可谓发盛唐之音先声。他们的许多名篇佳作,也写成于长江流域。

"四杰"之首王勃(公元649—676年),6岁善文辞,15岁即撰《上刘右相书》陈述国家大事、表达政治抱负,却仕途坎坷,英年早逝。其诗文创作,则如"长风一振,众萌自偃"。名作《送杜少府之任蜀川》,显露盛唐气象,堪称千古不朽。南往交趾探父的途中,他在洪州(今南昌)滕王阁上挥笔立就的《滕王阁序》,备受历代文人学士推崇。序末所附之诗,写景清朗,抒情自然,文辞雅丽,寄慨遥深,不仅高度地概括了序文内容,而且进一步深化了序文主旨。在遭废官而

「《送杜少府之任蜀川》诗意图」

旅居巴蜀期间，他身临长江而咏江抒怀，写有一些脍炙人口的短章。如《山中》：

> 长江悲已滞，万里念将归。
> 况属高风晚，山山黄叶飞。

诗歌境界阔大，气势浩瀚，感情浓烈，将无限羁旅悲愁，尽托于滔滔万里长江。首句虽从谢朓的名句"大江流日夜，客心悲未央"脱胎而来，却更为简洁凝练，也更好地将情与景、物与我有机地融为一体，使得长江亦情感化、人格化了。全诗虽然是借鉴了宋玉《九辩》的"悲秋"意境，却表现得更为含蓄蕴藉，已有"不著一字，尽得风流"的唐诗韵味。

杨炯（约公元650—693年）和卢照邻（约公元630—680年），也是少年就博学能文，一生不得遂志，又都曾在长江流域为官。杨炯曾官盈川（治所在今四川彭水西南）令并卒于任上，卢照邻曾官新都尉，他们在任期间均有诗作。两人出入长江三峡时，为三峡的奇丽风光和美丽传说所触动，不约而同地发为歌咏且辞意甚佳，如杨炯的《巫峡》、卢照邻的《巫山高》等。

「《咏鹅》诗意图」

骆宾王7岁时的《咏鹅》之吟，至今妇孺熟诵。成年后"尝作《帝京篇》，当时以为绝唱"（《旧唐书·骆宾王传》）。他薄宦沉沦，曾因事下狱。徐敬业在扬州起兵讨伐武则天，他以衰暮之年欣然参与，并作檄文遍传天下，连武则天读后也赞赏其才。兵败逃亡，不知所终。"四杰"之中，他的阅历最丰、生平最奇、作品最多。所作诗文，反映出深受长江文化传统的影响。代表作之一《在狱咏蝉》，即用楚人典故，法屈骚艺术，咏蝉自喻，托物言情，抒发了他遭谗被诬的悲愤，表白了他志尚高洁的情操，艺术性显然在虞世南的《咏蝉》之上。他在长江流域的创作，如《晚泊江镇》《渡瓜步江》等，也足见骆诗造诣。

"四杰"均英才早发，胸怀大志，有着类同屈原的"露才扬己"的性格，又心慕老庄而雅好高洁，因而张扬个性而放纵不羁，清高傲世而不和流俗,劲直刚烈而浪漫洒脱。他们孜孜于理想追求,却怀才不遇,沉沦下僚,命运乖蹇,乃将人生理想和生活遭际、"幽忧孤愤"和"林野之趣"、自我个性和诗人才情,一一诉诸于诗,历历展现于诗。其诗作也"诗律精严,文辞雄放,滔滔混混,横绝无前"。"四杰"的地位,有如杜甫的《戏为六绝句》其二称赞:"王杨卢骆当时体,轻薄为文哂未休。尔曹身与名俱灭,不废江河万古流。""四杰"的功绩,则如明代大学者胡应麟指出:"虽未能骤革六朝余习……唐三百年风雅之盛,以四人者为之前导也。"

唐初诗人,借鉴南朝诗艺,益为讲求声病,终于在南朝诗人基本确定的律体字数、句数、押韵、对仗的格式和对于全篇合律的探索的基础上,实现了由一句之中、一联之内平仄相对的"对式律"发展为句联相对、联联相粘的"粘式律"的飞跃,并使得律诗的字数、句数、押韵、对仗、粘合这些基本要求固定为规则,从而完成了诗歌的格律化。律诗也因此完全发展成熟。

子昂高蹈

生长于长江上游射洪(今属四川)人陈子昂(约公元659—700年),少时任侠使气,长成慨然立志,以济苍生、安社稷为己任。为官直言敢谏,痛陈时弊,竭忠尽智,却不得重用,反而数度遭诬下狱,壮年即冤死狱中。他是初唐政治热情最高、社会责任感最强、理想追求最执著、悲剧色彩最浓重的文学家。他对屈原十分崇敬,在诗作中反复表达了追怀和模则屈原之情。他那种为实现理想而顽强奋斗的精神,唯以国家和民众利益为重而不以帝王权威为尊、不计个人得失的品质,以及耿介刚烈的个性,颇有屈原遗风。他的父、祖皆好道家,他也"晚爱黄老言"。家学渊源和个人志趣,使得他傲岸独立、坦直真率。同时,他也重儒而学儒。他的身上,已较为集中地体现了传统文化、尤其是传统的长江文化与时代精神相激荡的特征,显现出盛唐士人的精神风貌。

出于社会责任感,陈子昂对六朝以来的浮艳绮靡诗风深恶痛绝,在《与东方左史虬修竹篇》的诗序中,明确提出诗歌革新主张,大力标举"汉魏风骨"、倡导"风雅兴寄"。他的主张,与"四杰"的主张同声相

「《登幽州台歌》诗意图」

应，但较之更加全面深刻，也更具纠正文弊、横制颓波的力度。其诗则托物以寄兴感，以修竹象征品格坚贞峻洁的才士，借助超现实的浪漫想象、运用比兴象征的艺术手法，表达了高远的心志和宏伟的理想，风格与屈骚一脉相承。他的代表作《感遇诗》38首，或直陈胸臆以达情，或明咏他物以寄意，可谓他倡导的"骨气端翔，音情顿挫，光英朗练，有金石声"的作品，被后人称为"屈、阮之嗣音，杜陵之先导"。名篇《登幽州台歌》，更是类同屈骚的"发愤以抒情"杰作：

前不见古人，后不见来者。
念天地之悠悠，独怆然而涕下。

诗歌虽短，却瞻顾了无限的时空，展现了孤傲的自我，蕴含了丰富的情感，敞露了高远的襟怀，慷慨悲壮而雄浑苍劲。这首发自诗人肺腑、积聚巨大感情力量而自然天成的悲歌，凝结和体现了时代的精神内涵，因而被古今人士视为晋代以来的洪钟巨响，一扫六朝绮靡余绪而定下盛唐之音的基调。

时人卢藏用称，陈子昂"崛起江汉，虎视函夏，卓立千古，横制颓波，天下翕然，质文一变"（《右拾遗陈子昂文集序》）。此语似有过誉之嫌，因为"横制颓波"非他一人之力，他无心专意于文学而创作难免草率，他的诗歌也往往是雄壮有余而浑厚不足。但是，他以诗歌理论和创作实践骤革六朝余习、矫定唐音正声，因首先唱出了时代最强音而贡献巨大。李白推崇他为"凤麟"。杜甫称道他"有才继骚雅，哲匠不比肩"（《陈拾遗故宅》）。韩愈更是强调："国朝盛文章，子昂始高蹈。"（《荐士》）

浩然逸兴

盛唐社会，"国容何赫然"。盛唐诗歌，成就何巍然。诚如人们所说，盛唐诗歌是唐诗这座中国古典诗歌发展高峰的顶点。

盛唐前期诗坛上,便有四位长江下游诗人"文词俊秀,名扬于上京"。他们是被称为"吴中四士"的贺知章、包融、张旭和张若虚。

自号"四明狂客"的贺知章(约公元 659—744 年),是越州永兴(今浙江萧山)人。受长江文化熏陶,他好道而放旷,虽长年为京官,却纵诞无规俭,晚年还乡为道士。"诗仙"李白,

「《回乡偶书》诗意图」

即初因受其激赏而至名震朝野。他的诗作,往往写得自然清新、朴素通俗。《咏柳》和《回乡偶书》,为历代传诵的名篇。

润州延陵(今江苏丹阳)人包融,仰慕阮籍,向往"朝暮白云里"的隐逸生活,与孟浩然情投意合。他的纪游、写景之诗,描绘细微,景情交融。

"兴来书自圣,醉后语尤颠"(高适《醉后赠张九旭》)的吴郡人张旭,虽以草书名世,但所存《清溪泛舟》《桃花溪》《春游值雨》等六首绝句,却细润有致、清新俊逸。

扬州人张若虚,仅存两首古体诗,可一曲《春江花月夜》,构思奇妙,新裁别出,将诗情、画意、哲理熔为一炉,创造出深闳幽丽的境界,乃至于"孤篇横绝,竟为大家"。

「李白《送孟浩然之广陵》诗意图」

吾爱孟夫子,风流天下闻。
红颜弃轩冕,白首卧松云。
醉月频中圣,迷花不事君。
高山安可仰,徒此揖清芬。

李白这首著名的《赠孟浩然》诗,生动地勾画出孟浩然清高超逸、独立洒脱、自由放旷的"风流"形象,表达了对孟浩然的爱慕和景仰之情,也

说明了孟浩然在盛唐之世闻名天下的声誉。

襄阳人孟浩然（公元689—740年），是盛唐诗坛大家、享誉唐代的"山水田园诗派"的主要代表之一。受昂扬踔厉的时代精神的激励，孟浩然少年即"羡鸿鹄"，晚年仍怀"羡鱼情"，一生都是"魏阙心恒在，金门诏不忘"（《自浔阳泛舟经湖海》）。可是，地域文化的传统，陶冶出他的"风流"性情。在做官与为人之间，他更看重人格的独立和情操的高洁。入京城，他敢于对玄宗发出"不才明主弃，多病故人疏"（《岁暮归南山》）的牢骚。入幕府，他"羞逐府僚趋"。最终，他宁做"守固穷"的"丘园一竖儒"（《和宋太史北楼新亭》），以布衣病逝于故乡。

孟浩然的诗，大都作于诗人隐居故园和漫游长江中下游期间。"百里行春返，清流逸兴多。"（《陪卢明府泛舟回岘山作》）孟浩然的代表作，就是抒写诗人游心于山水、寄情于田园所感发的"逸兴"的作品。《秋登万山寄张五》歌云：

北山白云里，隐者自怡悦。
相望始登高，心随雁飞天。
愁因薄暮起，兴是清秋发。
时见归村人，平沙渡头歇。
天边树若荠，江畔洲如月。
何当载酒来，共醉重阳节。

首两句直抒居于山中相伴白云的隐者的怡悦感受和自适心情。接下四句既写飞雁、薄暮、清秋之景，又写心随、愁起、兴发之情，情因景生，景会于情。超越尘世的情怀催动着诗人登高观景以投合自然，暮色苍茫的秋景引发了诗人闲愁逸兴。继之四句写登高望远所见景象，信手勾画却明晰生动，着墨不等却内涵丰富，用语平淡却意蕴深长。闲静而渺远的景象，反映的是诗人那恬适而高旷的心境。这既是诗人眼中所看见，更是诗人心灵所观照，随感兴而写成，会情意以绘出。末两句，不仅充分表达了诗人思念友人的深情，而且借邀约友人来共醉重阳以分享自己的怡悦，更加强调了诗人感受到的隐逸之乐。

另外，《宿天台桐柏观》一诗，表达了意踵道家、情类屈原的"远游意"，浪漫主义色彩十分浓重。《春晓》《过故人庄》《宿建德江》等作品，遇景而咏，随感起兴，语淡味醇，辞素意长，自然天成。

"复忆襄阳孟浩然，清诗句句尽堪传。"（杜甫《解闷》）孟浩然禀得庄子、屈原精神，宗法陶渊明诗歌，步武"二谢"后尘，创作出鲜明地体现了长江文化特色的逸兴遄飞、清新自然的诗歌，也因此名盛当时而诗传世间。

「《春晓》诗意图」

唐代"山水田园诗派"的另一主要代表王维（约公元701—761年），与孟浩然是忘形交。他虽是蒲州（治所在今山西济县西）人，却熟读《庄子》、"长揖楚辞"，受长江文化传统影响至大。他博学多才，擅长绘画，通晓音律，工于诗文。入仕后，他曾往长江流域公干，并作有不少名诗。《汉江临眺》，即他从事"南选"而至襄阳时作：

> 楚塞三湘接，荆门九派通。
> 江流天地外，山色有无中。
> 郡邑浮前浦，波澜动远空。
> 襄阳好风日，留醉与山翁。

作品就如一幅气势磅礴、境界阔大、勾勒细微、层次分明、格调清俊、色彩素雅的长江中游山水图，又蕴含着浓厚的诗情，诚然是"入画家三昧"的王诗力作。

王维自谓"中岁颇好道，晚家南山陲"（《终南别业》），后半生致力抒写他陶醉于山水田园中所感发的闲情逸兴和所体验的自然美感，故"尤精于山水"。他的山水诗，如《鹿柴》《辛夷坞》《鸟鸣涧》等，情景交融，诗画相生而禅意盎然，创造出主体与客体浑同、自我与景物齐一的意境，有着味之无极的艺术魅力，成就也在孟浩然诗之上。

「巩法根书」

盛唐的山水田园诗人,还有储光羲(一说润州、即今镇江人)、常建(籍贯不详)等。

储光羲(约公元707—762年),"诗学陶而得其朴"。其代表作,有《钓鱼湾》《江南曲》《田家即事》《田家杂咏》等。

常建曾隐居鄂州(今武昌)、游历吴越。他登临破山(在今江苏常熟)、入访佛寺而作的《题破山寺后禅院》一诗,笔墨简淡,意境幽深,耐人寻味。

岑参奇情

与"山水田园诗派"并峙于盛唐诗坛的诗歌流派,是以边塞生活为创作题材的"边塞诗派"。其主要代表之一,是长江中游人岑参。

岑参(约公元715—770年),江陵(今属湖北荆州)人。生于家境衰落的官宦世家,"能自砥砺,遍览史籍,尤工缀文"(杜确《岑嘉州诗集序》),渴望凭借才华而得以"云霄坐致,青紫俯拾"(《感旧赋》)。30岁进士及第,得授微官。后在长安与高适、杜甫等交游,受益颇大。

「岑参像」

又先后两度出塞,至盼投笔从戎、建功立业,却未如愿。"安史之乱"发生,因"频上封章,指述权奸",被贬出京城。晚年"三度为郎",最终出任嘉州(今四川乐山)刺史。罢官后东归未成,卒于成都客舍。

与"边塞诗派"的另一主要代表、黄河流域的渤海蓨(今河北景县)人高适(约公元702—765年)比较,岑参虽然也如其一样具有狂放的个性和独立的人格,傲岸自负而标举自我,热衷功名而锲而不舍,体现了盛唐士人的精神风貌。但是,他却更鲜明地反映出了深受长江文化影响而形成的性格特征和生活情趣。例如,他不像高适那样刚烈豪侠,表现有温文尔雅的文人气质;他同高适都至死追求功名,却又常常表达退隐之思;高适唯务功名而不遑他顾,他则热爱自然山水而喜好寻幽探趣、热爱世俗生活而喜好观风体味,并且往往将自己的新奇感受达于诗文。杜甫《渼陂行》称:"岑参兄弟皆好奇,携我远来游渼陂。""好奇",是先秦楚人的生活情趣,屈原就自称"余幼好此奇服兮,年既老而不衰"(《九章·涉江》)。追新逐奇,是长江流域的文化传统,为先秦楚文化所鲜明体现。正由于岑参具有着长江流域人的生活情趣、因袭了长江流域的文化传统,他的诗歌乃在题材上比较广泛、在风格上具有奇情壮采的特征。

岑参诗歌中,成就最高的是边塞诗。现存岑参边塞诗70余首,居初盛唐边塞诗人所作之首。《轮台歌奉送封大夫出师西征》《走马川行奉送出师西征》《白雪歌送武判官归京》《玉门关盖将军歌》等,都是岑参的边塞诗代表作。其突出特点之一,就是善于借助丰富的想象、采用比喻夸张手法和华艳秾丽的辞藻,以表现对边塞生活和边塞风光那新奇壮美的审美感受。南方人岑参,抱着高昂的爱国热情和浓厚的审美情趣,观赏边塞风光、体味边塞生活,当他将自己的新奇感受赋诸诗作时,则意奇语亦奇,一股奇气贯注诗中。《白雪歌送武判官归京》开篇云:

「《白雪歌送武判官归京》诗意图」

> 北风卷地白草折,胡天八月即飞雪。
> 忽如一夜春风来,千树万树梨花开。
> ……

诗人惊喜好奇的神情、新鲜奇异的感受,都通过这奇突的描写、奇妙的比喻而生动真切地表现出来了。描写北风激扬飞雪,却以春风催开梨花作比,可谓奇丽绚烂之至。《走马川行奉送出师西征》,写得更是奇伟奇丽、奇特奇壮。"轮台九月风夜吼,一川碎石大如斗,随风满地石乱走"数语,勾勒出诡奇险怪的边塞景象。

岑参是唐代唯一结合亲历感受,以大量作品致力描写地域广阔的边塞风光和征戍将士的边塞生活的诗人。

任官嘉州时的岑参所作之诗,虽不及其边塞诗有名,却也甚佳。如《初至犍为作》:

　　山色轩槛内,滩声枕席间。
　　草生公府静,花落讼庭闲。
　　云雨连三峡,风尘接百蛮。
　　到来能几日,不觉鬓毛斑!

诗人身为楚客,却依旧壮心不已。诗末两句直抒情怀,与屈原《九章·抽思》的"惟郢都之辽远兮,魂一夕而九逝"句所抒之情如出一辙。全诗写景清丽,可谓诗中有画;抒情自然,又有抑扬之妙;语言洗练,则显润泽华采。

唐人杜确在《岑嘉州诗集序》中记述,岑参诗歌"属辞尚清,用意尚切。其有所得,多入佳境。迥拔孤秀,出于常情。每一篇绝笔,则人人传写,虽闾里士庶、戎夷蛮貊,莫不讽诵吟习焉。"尚清、尚奇又情厚辞丽、气豪境阔的岑诗,较为鲜明地体现了长江文化的风格和气派,在盛唐就已有了很大的社会影响。

好奇而有奇情,志大而有壮采,才高而有丽辞,岑参也被后人认为是唐代边塞诗作成就最高的诗人。

盛唐的其他著名边塞诗人,大都与长江流域有不解之缘。

与岑参并称的高适(约公元702—765年),长期生活于中原,其诗歌也较为鲜明地体现出黄河文化的雄浑刚健、凝重厚实的风格。他在晚年历任扬州大都府长史、淮南节度使、彭州(今四川彭县)刺使、蜀州(治所在今四川崇庆)刺使、剑南节度使等职,其间作有不少名篇,如《登广陵栖灵寺塔》《赴彭州山行之作》等。杜甫《寄高三十五书记》诗云:"叹息高生老,新诗日又多。美名人不及,佳句法如何?"高适在长江流域的诗作,的确不乏佳句杰构,颇能显其艺术成就。

以《从军行》《出塞》等边塞诗享誉诗坛的王昌龄(约公元698—756年),虽然常被称为京兆(今西安)人,实是东晋、南朝世居建康(今南京)乌衣巷的豪族王氏后裔。《新唐书·王昌龄传》则明言:"昌龄,字少伯,江宁(即今南京)人。"他又因多年出任江宁丞,被称为"王江宁"。岑参诗云:"建业控京口,金陵款沧溟。君家临秦淮,傍对石头城。十年自勤学，一鼓游上京……"（《送许子擢第归江宁拜亲因寄王大昌龄》）滨长江、临秦淮而居的王昌龄，既擅长雄浑悲壮的边塞诗，又能作婉约深曲的宫怨词和思妇歌，还精为情景交融的送别曲。《芙蓉楼送辛渐》其一，堪称其送别曲的代表：

「《芙蓉楼送辛渐》诗意图」

寒雨连江夜入吴，平明送客楚山孤。

洛阳亲友如相问，一片冰心在玉壶。

寒雨连江，吴天笼烟，平明凄清，楚山孤立；友人离去，别绪万端，千言难述，一语明心；即景生情，因情绘景，浑然天成，神韵隽永。明代诗论家胡应麟《诗薮》称"少伯七言绝，超凡入圣，俱神品也"，此诗即可见一斑。

「《黄鹤楼》诗意图」

"晚节忽变常体，风骨凛然；一窥寒垣，说尽戎旅"（殷璠《河岳英灵集》卷中）的汴州（今河南开封）人崔颢（约公元704—754年），与高适、孟浩然齐名。他的传世诗作中，最令人称道的却不是边塞诗，而是他漫游至武昌时作的一首《黄鹤楼》：

昔人已乘黄鹤去，此地空余黄鹤楼。

黄鹤一去不复返，白云千载空悠悠。

晴川历历汉阳树，芳草萋萋鹦鹉洲。

日暮乡关何处是，烟波江上使人愁。

《该闻录》《唐诗纪事》等古书记述，"诗仙"李白至武昌，也登黄鹤楼而欲乘兴赋诗，见此诗而浩叹："眼前有景道不得，崔颢题诗在上头。"李白后又仿此诗作有《鹦鹉洲》《登金陵凤凰台》，亦成为世人传诵的名篇。清代学者沈德潜《唐诗别裁集》评说此诗："意得象先，神行语外，纵笔写去，遂擅千古之奇。"

吴郡（今江苏苏州）人崔国辅（约公元678—755年），与王昌龄、王之涣等联唱迭和而并称于世。他虽为边塞诗作，但不以边塞诗著称，擅长的是乐府诗及山水诗。《河岳英灵集》称："国辅诗，婉娈清楚，深宜讽味；乐府数章，古人不及也。"

中原诗人至长江流域，往往多有佳作。崔颢如此，王湾亦然。

"一生往来吴楚间"的洛阳人王湾，是长江上的常客。他在舟次镇江北固山下时，吟成千古名篇《次北固山下》。《河岳英灵集》选录此诗，题为《江南意》，且多有异文。《江南意》诗题诗文清楚地表明，诗人正是感受到南国新意而以诗歌表现出长江气象的。

诗仙李白

"兴酣落笔摇五岳，诗成笑傲凌沧洲"（《江上吟》）的李白，是盛唐诗坛泰斗，也是唐代长江文化及中国文化的重要代表人物。

李白（公元701—762年），字太白，长于蜀中，"五岁诵六甲，十岁观百家"，十五观奇书而作诗赋、好剑术而干诸侯、好神仙而迷仙游。25岁时，"知大丈夫必有四方之志，乃仗剑去国，辞亲远游"（《上安州裴长史书》），出蜀入楚，东下吴越，后返楚为婿，"酒饮安陆，蹉跎十年"。其间，为实现"相与济苍生"的抱负，北上长安谋求卿相之位，结果大失所望，满怀"大道如青天，我独不得出"（《行路难》之二）的愤慨而离去。42岁时，因诗名播扬海内，受诏入京，三年后终究不能忍受做唐玄宗的御用文人和"摧眉折腰事权贵"而自请还山。"安史之乱"中，历尽坎坷。晚年流落长江下

「江油李白故里」

游，卒于当涂。李白的一生，可以说是与长江相依为命、魂魄永系的一生。

"少年落魄楚汉间，风尘萧瑟多苦颜。"（《从驾温泉宫醉后赠杨山人》）李白在长江中游的江汉楚地度过了十余年的一生中的重要时光，也更为直接地受到了长江文化的重要源头的楚文

「李白醉酒（局部），（明）唐寅作品」

化及其传统的深巨影响，并因此巩固形成了他的思想、气质和个性。他与孟浩然结识于襄阳，对其所体现的楚人风范大为感佩。他与道士司马承祯相遇于江陵，被其称为有"仙风道骨"。他因居楚而爱楚，自称"我本楚狂人"，并且"嘲鲁儒"、"笑孔丘"、贬尧舜、菲薄儒家祖师、蔑视儒学道统。

少时便好辞而擅赋的李白，不仅推崇屈骚艺术，而且继承了屈原忧国忧民、为实现美政理想而矢志不移、执著追求的精神，具有屈原那种耿介磊落、傲岸峻洁的品格。他以"使寰区大定，海县清一"（《代寿山答孟少府移文书》）为己任，始终追求"奋其智能，愿为弼辅"以报国建功，晚年依然"中夜四五叹，常为大国忧"。因与屈原志同情通，故他感叹至深："呜呼！屈宋长逝，无堪与言。"（《夏日诸从弟登汝州龙兴阁序》）当壮志难酬、悲愤不已时，他反复歌吟屈原之事、申说屈原之怨，寄托自己"长愁心已摧"的哀感，也自然而然地以屈原自况。杜甫在《天末怀李白》诗中，乃以"应共冤魂语，投诗赠汨罗"之句而将李白比作屈原。明、清之际的爱国诗人屈大均，则称李白"乐府篇篇是楚辞，湘累之后汝为师"（《采石题太白祠》之四）。

开近代风气之先的"狂客"龚自珍说："庄、屈实二，不可以并；并之以为心，自白始。"龚自珍又说："儒、仙、侠实三，不可以合；合之以为气，又自白始也。"（《最录李白集》）龚自珍将李白表现出的类同屈原的积极用世精神归为儒家，将李白表现出的类同庄周的超越精神归为

仙家。龚说指出，李白之"气"、即其气象，是在新的历史条件下合并传统文化精神、主要是传统的长江文化精神且予以发扬光大而形成的新气象，也就是"盛唐气象"。

诗人贺知章曾因读了李白的《蜀道难》而激赏李白，李白《对酒忆贺监》其一怀念他说："四明有狂客，风流贺季真。长安一相见，呼我谪仙人。"杜甫赠李白诗也称："昔年有狂客，号尔谪仙人。"（《寄李十二白二十韵》）人称李白为狂客仙人，李白也以狂客仙人自诩。形狂而骨仙，充分展示和集中体现了李白并庄、屈以为心又合儒、仙、侠以为气的风采。

并庄、屈以为心的李白，在文学创作上便自觉继承和大力弘扬"庄骚"传统。他标举庄周尚真贵自然的美学思想，明确主张"圣代复元古，垂衣贵清真"、"清水出芙蓉，天然去雕饰"，认为屈原之作才是诗歌的"正声"，追怀"正声何微茫，哀怨起骚人"。他的文学创作，实为"庄骚"美学的实践和"庄骚"传统的振扬。在诗歌创作上，他更多地继承和发展了屈骚艺术，不仅多有拟骚之作，而且在辞藻的铺摛、手法的运用和意境的创造等方面，都明显借鉴屈骚以开新，因而成为继屈原之后中国古代最伟大的浪漫主义诗人。

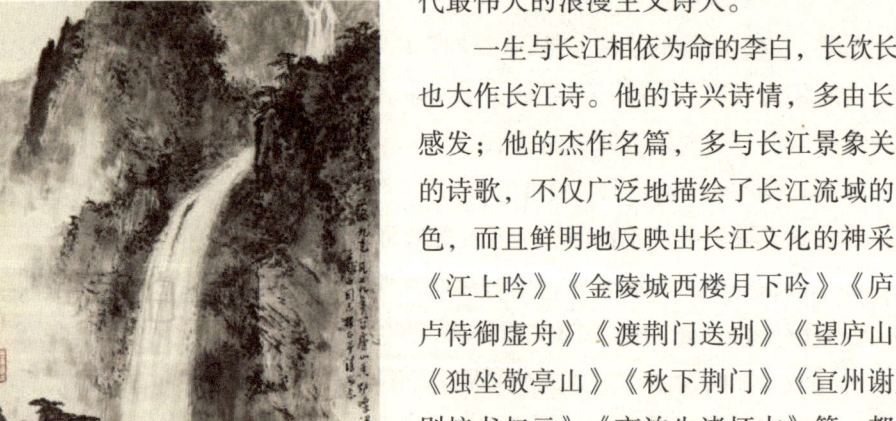

「望庐山瀑布，魏紫熙画作」

一生与长江相依为命的李白，长饮长江水，也大作长江诗。他的诗兴诗情，多由长江风物感发；他的杰作名篇，多与长江景象关联。他的诗歌，不仅广泛地描绘了长江流域的山光水色，而且鲜明地反映出长江文化的神采风貌。《江上吟》《金陵城西楼月下吟》《庐山遥寄卢侍御虚舟》《渡荆门送别》《望庐山瀑布》《独坐敬亭山》《秋下荆门》《宣州谢朓楼饯别校书叔云》《夜泊牛渚怀古》等，都是具有代表性的传诵千古之作。

激情澎湃、文思葱茏的李白，自是喜爱长歌，却也精于短歌。这首《陪侍郎叔游洞庭醉后三首》之三的短歌，也尤显李白诗风：

划却君山好,平铺湘水流。

巴陵无限酒,醉杀洞庭秋。

洞庭湖中的美丽君山,在诗人眼里竟然是阻挡湘江流水的障碍;洞庭湖里的汪洋湖水,在诗人眼里竟然都是美酒。诗人要铲平君山而使湘水畅流无阻,要痛饮美酒而使自己酣醉无忧。多么奇伟的想像、惊人的比喻和大胆的夸张,这是诗人醉后糊涂的乱想?还是诗人醉后清醒的狂想?此诗作于乾元二年(公元759年)李白幸遇大赦而从流放夜郎途中放回后,于江夏希

「洞庭湖中君山岛」

冀得到朝廷启用不果,无奈出游湘中之际。此时的诗人心中已无"朝辞白帝彩云间,千里江陵一日还"的愉快,有的却是积郁更久的"大道如青天,我独不得出"的愤慨和"抽刀断水水更流,借酒消愁愁更愁"的无奈,故因酒兴而发诗兴,凭借浪漫无羁的想象,采用新奇巧妙的比兴,在恣肆奔放的表现中发泄自己蹭蹬不遇的忿懑。诗章虽短,诗意却醇,尽显诗人的性情和文采。

才情纵逸,气质放旷,喜爱乐府而长于古风的李白,注重学习乐府民歌并热衷于模仿民间歌词形式进行创作,在长江流域模仿民歌而作有《荆州歌》以及《襄阳曲》《江夏行》《乌夜啼》《乌栖曲》等乐府诗,想必也会尝试填词。传世最早的文人词、被称为"百代词曲之祖"的《菩萨蛮》《忆秦娥》二词,当即出自李白之手,学人故有"词始于李太白"(徐矩《事物原始》)之说。

"白也诗无敌,飘然思不群"(《春日忆李白》),"笔落惊风雨,诗成泣鬼神"(《寄李十二白二十韵》)。杜甫对李白的评论,最能说明李白的成就和地位。李白正是主要继承和弘扬了以"庄骚"为代表的长江文化传统,才取得了诗歌创作无敌于当世的成就和盛唐诗歌泰斗的地位。

诗圣杜甫

被尊为"诗圣"的杜甫,享誉李白之后而在中国诗史上与李白并称。

一般认为,李白狂放任达,杜甫恭谨端严;李诗豪放飘逸而雄奇恣肆,杜诗沉郁顿挫而厚重工稳;两人在精神上分别继承和发扬了以道家文化为代表的长江文化传统和以儒家文化为代表的黄河文化传统,在诗歌创作上分别继承和发扬了"庄骚"传统和《诗经》传统,也因此分别成了伟大的浪漫主义诗人和伟大的现实主义诗人。实际上,两人都是盛唐文化孕育出来的文学巨匠,主要是由于家学渊源、生活环境和生活经历等不同而形成了不同的性格和诗风。李白并庄、屈也崇《风》《雅》,杜甫奉儒宗《诗》又攀屈法宋。

杜甫(公元712—770年),自称"少陵野老",生长于河南巩县的一个"奉儒守官,未坠素业"的世家,受地域文化的熏陶和家学传统的影响,他也以"传之以仁义礼智信,列之以公侯伯子男"的儒家理想为终身追求。不过,《旧唐书·杜甫传》记载杜甫"本襄阳人",是初唐诗人杜审言之孙,其家学也重楚地文化。杜甫的前半生,处于唐朝鼎盛之世。他漫游南北,入京求仕,却屡试不第,干谒无成,"致君尧舜上,再使风俗淳"(《奉赠韦左丞丈二十二韵》)的政治抱负不得实现,终怀"到处潜悲辛"的酸苦。自"安史之乱"爆发,杜甫便开始流离颠沛,亡中原而漂巴蜀,泊荆楚而落潇湘,后半生可谓穷困潦倒、艰难坎坷、贫病交加。至长江流域,杜甫"漂漂何所似,天地一沙鸥"(《旅夜书怀》),最终怀着"百年同弃物,万国尽穷途"(《舟中出江陵南浦奉寄郑少尹审》)的极度哀怨,竟死于湘水。

流寓长江流域的11年间,杜甫倾力于诗也精心为诗,竟创作了1000多首诗歌,其中律诗就有700余首,而传世的杜甫诗歌总共也就1400余首。杜甫在长江流域城创作的诗歌,

「成都杜甫草堂内塑像」

笔健而"老成",尤其是"晚节渐于诗律细",不仅体现了杜诗艺术的高度成就,而且体现了唐代近体诗的高度成就。

杜甫"窃攀屈宋宜方驾",自觉地追踵屈原和宋玉,志在"方驾"屈、宋而与之同调。受其祖影响,他也将屈骚宋赋看作文宗诗典,论诗最崇屈、宋的"清词丽句",表示"不薄今人爱古人,清词丽句必为邻"(《戏为六绝句》其五),并且推重继承和发扬了屈宋艺术传统的"庾信文章"、鲍照诗歌、"王杨卢骆当时体"及陈子昂、李白的作品。他写出那样情真意切、感人肺腑而被后人称为"得屈骚之神"的《梦李白》《天末怀李白》等诗,岂只是因钦敬李白的才华所致?实为与李白情投意合、神通心印!他将李白比作屈原,不也是将自己引为屈原的同调么?

「杜少陵觅句图,张大千画作」

生活在唐朝由盛转衰时期的杜甫,一生经历多少有似于生活在楚国由盛转衰时期的屈原。杜甫报国无路而不得不流离以终的遭际,也多少有似于屈原忠君爱国却被放逐以终的遭际。因此,杜甫自然而然地读屈骚而悲其志、悼前贤而伤自己,想见其为人而仿效其行止。当政治抱负落空并目睹了王朝的腐败、国家的灾难和民众的痛苦之后,他激愤地呼道:"儒术于我何有哉?孔子盗跖俱尘埃!"从此,他像屈原那样将个人的命运与国家、人民的命运联系在一起,继承屈原"发愤以抒情"的创作精神,自言"遣兴莫过诗"(《可惜》)、"愁极本凭诗遣兴"(《至后》),用诗歌反映苦难深重的现实、抒发忧国忧民的情怀、记录个人生活的感触。他"读书破万卷",通晓《庄子》,也时有"雅欲逃自然"的"逍遥"之思,但长期流离失所使他不能忘情于现实而"终无旷士怀"。他的诗歌,主要是发扬"风骚"、尤其是屈原《九章》的现实主义精神,广泛而深刻地反映了他所处的社会面貌,同时又充分而真实地表达了个人的情感。前人誉杜诗是"以时事入诗"的"诗史",可其诗史之作皆饱含着浓烈的情

「杜甫诗意图，陆俨少画作」

感，且其一些作品中的深广忧愤殆不亚于屈骚。杜甫作诗不仅多咏屈原事、多用屈骚典，而且效法屈原希冀"结微情以陈词兮，矫以遗夫美人"（《九章·抽思》）。他的名作《北征》，叙时局之事，表救世之见，陈类同屈原的念君忧国之情，明显为希望幸达"圣览"之作。他晚年的"老成"之作，更是多承屈骚文情，并且经常以屈原自喻。如《祠南夕望》所咏"山鬼、湘娥，即屈原也。屈原，即少陵也"（黄生《杜诗说》卷五）。

杜甫通合宋玉之情而师法宋玉之文。杜甫在晚年流寓巴蜀、漂泊长江期间，尤多悲秋之作。杜诗中的悲秋之作，亦淋漓尽致地抒发了类同宋玉遭弃不用、孤独飘零的悲慨，发展了宋赋借秋景以抒悲情的表现艺术。《宿府》《秋兴八首》《九日》等诗，都是因秋色而兴悲感、融悲情而入秋景的旷代名作，集中体现了杜诗的艺术成就。如被前人誉为"古今七律第一"的《登高》：

　　风急天高猿啸哀，渚清沙白鸟飞回。
　　无边落木萧萧下，不尽长江滚滚来。
　　万里悲秋常作客，百年多病独登台。
　　艰难苦恨繁霜鬓，潦倒新停浊酒杯。

此诗作于杜甫晚年病居夔州（今重庆奉节）之时，前四句写三峡凄凉萧瑟的秋景，是诗人眼中景，更是诗人心中景，悲情已是充溢于秋景之中；后四句抒情，承前秋景所托出而将一生艰难、晚年多病、处境孤独而积郁在胸的悲哀抒发得淋漓尽致。试想，李白悲愤尚可借酒消愁，杜甫悲哀却因衰老病弱、穷困

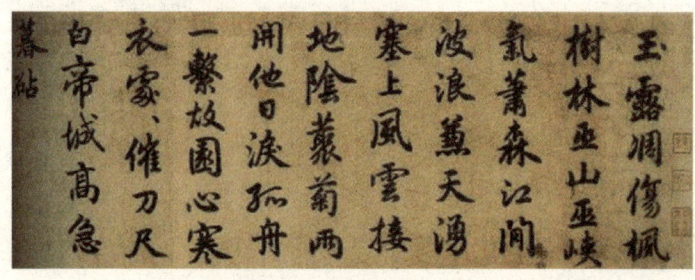

「杜甫《秋兴八首》之一，（元）赵孟頫书」

潦倒而连浊酒也没得喝了。全诗八句,句句对仗,且首联句中自对,句法交错衔接,达意句句关联、层层递进。就其诗歌境界而言,可谓古代悲秋之作的上品。就其诗歌技艺而言,则如胡应麟《诗薮》所言的"一篇之中,句句皆律;一句之中,字字皆律"。

杜甫自言:"臣之述作……至于沉郁顿挫。"(《进雕赋表》)杜诗的沉郁顿挫风格的形成,亦主要是继承和发扬屈宋艺术传统所致。屈原《九章·思美人》云:"申旦以舒中情兮,志沉菀而莫达。"宋玉《九辩》说:"独悲愁其伤人兮,冯郁郁其何极!"屈骚宋赋反复抒发沉菀之志、郁结之情,即有沉郁顿挫的特征。杜诗进而运用各种艺术手段以寄寓和抒发郁结于心而深沉厚重的感情,蕴含丰富而表达曲折,反复咏叹而起伏跌宕,因而形成了沉郁顿挫的基本风格。

志在"方驾"屈、宋的杜甫,又因"转益多师"和追求"语不惊人死不休",故在诗歌创作上有着全面的开拓和卓越的造诣,对古代诗歌艺术有着创造性的发展,可谓"为经(《诗经》)为骚(楚辞)复为史"(郑日奎《读少陵集》),师古法今乃成圣。

早年"气劘屈贾垒"(《壮游》)的杜甫,晚年"迟迟恋屈宋,渺渺卧荆衡"(《送覃二判官》),有意效法屈原而"漂泊南庭老,祇应学水仙"(《舟中》)。旧说有谓杜甫同屈原、李白一样,都是沉水而亡。韩愈乃云:"固知天意有所存,三贤所归同一水。"(《题杜子美坟》)倘若果真如此,唐代这两位伟大诗人和文化代表都从屈原所居而伴屈原诗魂,莫非为屈原精神和长江文化传统不可抗拒的感召?即使并非如此,李白和杜甫都自况屈原,人们也将他们比作屈原,足以说明屈原精神和长江文化传统对中国文化伟人的形成和中国文化的发展影响深巨。

"李杜文章在,光焰万丈长。"(韩愈《调张籍》)唐诗是中国古

「湖南平江杜甫墓」

代诗歌发展的高峰,李、杜诗歌则是唐诗发展的高峰。李、杜诗歌,又与中国先秦诗歌的发展高峰——屈、宋辞赋绵延相连,构成长江流域诗歌、也是中国古代诗歌史上前后辉映、巍然耸立的奇峰巨峦。

律诗因杜甫及盛唐诗人大力创作,又在初唐定型的基础上进一步完善了其体类和格式。唐人大作这种体正格雅的律诗,并将其与南朝"永明体"或"齐梁体"相区别而称之为"近体诗"或"今体诗"。大盛于唐代的律诗,于是成了体式稳定的中国诗歌形式的代表。

南籍诗人

中唐著名的长江流域籍诗人,有顾况、钱起、戎昱、戴叔伦、张继、皎然、孟郊和张籍等。

海盐人顾况(约公元 730—806 年),一生中除入朝为官数年外,基本上是在长江中下游度过的。晚年隐居茅山,奉道修仙。他本关心国事,忧患民生,尝为讽谕劝戒的新乐府创作,作有《上古之什补亡训诂十三章》《公子行》《行路难》等,与元结互相呼应而下启新乐府运动。离职归隐后,他则寄情山水而多写逸致。

大历年间(公元 766—779 年),诗坛上有所谓"十才子"。"十才子"究竟为哪些人,古籍说法不一,但吴兴(今属湖州)人钱起(约公元 720—782 年),被古今公认为是"十才子"的代表或"班头"。钱起诗名早著,

「钱起诗意扇面,西泠石伽作品」

参与省试所作的试帖诗《湘灵鼓瑟》,依据湘水女神的传说,借鉴屈原楚辞的描写,驰骋艺术想象,妙为浪漫表现。"曲终人不见,江上数峰青。"结语出真入幻、神韵无穷。唐代中晚期,此诗便被公认为试帖诗的范本。

与"大历十才子"同时的荆南(今荆州)人戎昱(约公元 744—800 年),亲历"安史之乱",又仕途坎坷,故诗作内容较为广泛,既有抒发

壮志豪情的边塞诗,也有揭示社会苦难的乐府诗,更多的则是伤时悯己的述怀之作和吟咏山水的寄情之作。他的诗作有的如《塞下曲》《从军行》等体现了盛唐风采,有的如《秋月》《宿湘江》《霁雪》等则已有晚唐诗"风流绮丽"的特色。

金坛(今属常州)人戴叔伦(公元732—789年),曾任抚州刺史,晚年出家为道士。他的诗作,多咏田家之事和多题山水之景,如名作《女耕田行》《兰溪棹歌》和《苏溪亭》等。不过,戴诗中最为人赞叹的,是凭吊屈原的五绝《题三闾大夫庙》:

沅湘流不尽,屈子怨何深!
日暮秋风起,萧萧枫树林。

短诗发端既妙,结语更绝。哀屈原冤屈深长如湘流,叹人生凄苦寒凉如秋景。明代诗人钟惺在《唐诗归》中点评:"此诗岂尽三闾,如此一结,便不可测。"

一首世代传诵的《枫桥夜泊》,让襄州(今湖北襄阳)人张继名垂千古:

月落乌啼霜满天,江枫渔火对愁眠。
姑苏城外寒山寺,夜半钟声到客船。

张继曾游历吴越,后卒于洪州(今南昌)。生前感事而发,触景辄咏。诗作"不自雕饰"而"比兴深矣"。他抒写行旅感触的山水诗,往往意境清远,情致绵长。

自称为谢灵运后裔、夸耀"我祖文章有盛名"的诗僧皎然,生长于吴兴长城(今浙江长兴),出家后久居吴兴杼山妙喜寺。他不仅勤于学诗作诗,而且深入品诗论诗。所著《诗式》,对晚唐及后世的诗歌创作和诗歌理论影响甚大。他的代表作《寻陆鸿渐不遇》,为皎然过访好友陆羽未遇而作,通过描写"茶圣"陆羽隐居之地的山野景致及叙说其流连山中的隐士生活,表现出陆羽潇洒出尘的襟怀和风度。

「《枫桥夜泊》诗意图,华三川画作」

诗作曾让当时大文豪韩愈诚意"低头拜东野"的孟郊(公元751—814

年），字东野，是生于昆山的湖州武康（今浙江德清）人。尽管诗名盛于当世，他一生却穷困潦倒。令时人敬重的是，"寒酸孟夫子"，耿介性孤直。孟郊的诗，"诗从肺腑出，出辄愁肺腑"，多为倾诉孤苦穷愁的怨愤之作，艺术上追新逐奇而致奇崛险怪。广为传诵的孟郊诗作，还是《游子吟》《归信吟》《古别离》和《巫山曲》等情感真诚深挚、格调自然清婉的诗篇。

原籍苏州的和州（今安徽和县）人张籍（约公元766—830年），是对新乐府运动作出了重要贡献的诗人。他既拟作古乐府，又创作新乐府。张籍乐府诗的艺术特色，有如王安石《题张司业诗》所论："看似寻常最奇崛，成如容易却艰辛。"

晚唐著名的长江流域籍诗人，有皮日休、陆龟蒙和杜荀鹤等。

自号"鹿门子"的襄阳人皮日休（约公元834—883年），一生主要在长江中下游漫游或仕宦，后在长江下游参加黄巢起义军，随军攻入北京，任翰林学士，起义失败而不知所终。皮日休的诗作内容复杂、风格多样。乐府诗代表作《正乐府十篇》，在"惟歌生民病"及直语叙时事方面，殆不下于白居易诗。《秋江晓望》《芳草渡》诸诗，颇得孟浩然逸情。《闲夜泛醒》《游栖霞寺》诸诗，又颇有太白遗风。

吴郡（今苏州）人陆龟蒙（公元？—881年），与皮日休过从甚密，多相唱和，在晚唐文坛上也与之并称为"皮陆"。他于诗用力虽勤，但缺乏皮日休的见识和才情，诗作因刻意雕琢而多显险涩。陆诗也有平淡清雅之作，如《白莲》《怀宛陵旧游》等，可惜并不太多。

号为"九华山人"的池州石埭（安徽石台）人杜荀鹤（公元846—904年），享名唐末诗坛。《乱后逢村叟》《山中寡妇》《旅泊遇郡中叛乱示同志》《再经胡城县》《赠质上人》诸诗，是他的代表作。这些诗作，皆能直言"平生肺腑"，语虽浅近，情则真切。

南方歌吟

中晚唐的代表诗人，大都不是长江流域人。中晚唐的杰出诗章，却有许多产生在长江流域。元结、刘长卿、韦应物、白居易、刘禹锡、柳宗元、杜牧、李商隐和温庭筠等的南方歌吟,在相当程度上反映了中晚唐诗词创作的成就。

号为"漫郎"、客居樊上(今湖北鄂州)、"修耕钓以自资"的元结(公元719—772年),颇有楚狂人遗风,又具屈原的忧国情怀,曾任道州(今湖南道县)刺史。他的代表作《舂陵行》《贼退示官吏》及《欸乃曲》五首,皆作于道州任上。杜甫视元结为同调并盛赞元诗,元结则实为中唐新乐府运动的先驱。

"于盛唐、中唐之间号为名手"的刘长卿(约公元709—780年),入仕后长期在长江流域任职,两遭贬谪,辗转于苏州、鄂州、潭州(今湖南长沙)诸地,官终随州刺史,世称"刘随州"。他的诗章,大多写于长江流域,以抒发谪官游宦的感慨和山水隐逸的闲情为主。代表作有《逢雪宿芙蓉山主人》《余干旅舍》《登余干古县城》《饯别王十一南游》和《长沙过贾谊宅》等。这首《送灵澈上人》,颇见其特色:

「《送灵澈上人》诗意图」

苍苍竹林寺,杳杳钟声晚。
荷笠带夕阳,青山独归远。

寥寥短章,却绘象生动,诗意盎然,清雅含蓄,精巧秀美。在刘长卿诗中,此诗不可多得。在唐代山水诗中,此诗也入一流。

"诗情亦清闲"的韦应物(约公元737—790年),晚年出任滁州、江州(今江西九江)、苏州刺史,世称韦江州或韦苏州,与刘长卿同以山水诗擅名。他景仰陶渊明,自觉"效陶体",诗作如白居易《与元九书》中所称:"高淡闲雅,自成一家之体。"《观田家》《滁州西涧》和《寄全椒山中道士》诸篇,尤为人们称道。

刘、韦两人,落迹长江流域,喜为山水田园诗作。其诗作继承陶、谢、孟、王一脉而为长江流域诗歌的潮涌新波。而"五言古体源出于陶,而熔化于三谢,故真而不朴,华而不绮"的韦诗,在总体成就上又高于刘诗。

存诗最多、影响也最大的中唐诗人,是新乐府运动的旗手白居易。

白居易(公元722—846年),字乐天,少怀"兼济天下"壮志,入仕后敢于为民请命、指斥时弊,并力图以诗歌"救济人病、裨补时阙",倡导"文章合为时而著,歌诗合为事而作"(《与元九书》)的新乐府运动。可是,他"志在兼济,行在独善",内在精神支柱则是道家思想。元和十年(公元815年),他终因"有违必谏"的言论和"裨补时阙"的讽喻诗得罪朝廷权贵,被贬谪到长江流域,开始了一生后期在长江流域的流放生活。心灰意懒的白居易,即转为依托道家"独善其身"。他的诗歌创作也因之一变,大量创作"闲适诗"和"感伤诗"。

贬为江州司马期间,白居易居江州而慕陶令,访陶宅而法陶公,表示"常爱陶彭泽,文思何高玄"(《题浔阳楼》),后半生受陶渊明影响极大。前人甚至说:"陶渊明,晋之白乐天。"(元好问《论诗三十首》自注)白诗名篇《江楼闻砧》《题浔阳楼》《湖亭望水》和《建昌江》等,皆作于江州。与其《长恨歌》匹为双璧的《琵琶行》,继承了屈骚艺术传统,借鉴了屈骚表现方法,直接以作者入诗而畅抒情怀,成就很高,为人激赏。

转迁忠州(今重庆忠县)、杭州、苏州等地任职期间,白居易写有大量诗作。

晚年,他已无在江州时那种"天涯沦落人"的悲慨,满怀"最爱湖东行不足,绿阳阴里白沙堤"(《钱塘湖春行》)的逸致。回归东都洛阳后,他魂牵梦绕地作了《忆江南》词三首。其一曰:

「琵琶行图(局部),(明)郭诩画作」

「杭州西湖」

隋唐五代

　　江南好，风景旧曾谙。日出江花红似火，春来江水绿如蓝。能不忆江南？

　　真个是情深而语真、意浓而辞畅，神往而韵长。从一定意义上说，白居易正是伴长江、居江南，才成为"达哉达哉白乐天"，才成就纷兮华兮的白诗词。

　　中唐诗坛上与白居易齐名并称的元稹（公元 779—831 年），是白居易的好友和同志。两人的经历相似，文学主张相同，对新乐府运动的贡献也相当。元稹的前期诗作，意拙语纤，多为世人诟病。后期，他遭贬为江陵士曹参军，不久改授通州（今四川达县）司马，后又官鄂州刺史，卒于武昌军节度使任所。他的后期诗作，也多有情深辞茂、得"骚人之道味"的篇什。其代表作《连昌宫词》《闻乐天授江州司马》《酬乐天频梦微之》等，均作于任官长江流域时。

　　白居易推崇的同代"诗豪"，是"少为江南客"、又长期被贬在"巴山楚水凄凉地"的刘禹锡。

　　刘禹锡（公元 772—842 年），字梦得，因积极参与王叔文集团的政治革新运动，在革新失败后被贬为朗州（今湖南常德）司马，继而转迁连州、夔州（今重庆奉节）、和州（今安徽和县）刺史，是唐代著名的文学家和思想家。

　　"昔日居邻招屈亭，枫林橘树鹧鸪声。"刘禹锡十分敬仰屈原，被贬在屈原流放地朗州的九年里，他择居于招屈亭旁，意在以屈原精神自励。在《竞渡曲》中，他满怀热情地描述了沅湘人民纪念屈原的端午竞渡活动，由衷地表达了对屈原的哀悼和追思之情。他自觉地追随屈原，忧国忧民，坚持真理，守志不移，勇于斗争。他的诗歌创作，不仅多有效法屈骚体式或继承屈原创作道路而借鉴民歌的作品，而且因充分抒发类同屈原的思想感情，充分运

「陋室铭图」

用类同屈骚的辞采手法,故鲜明地体现出屈骚的遗意和流风。

宝历二年(公元826年),刘禹锡由和州离任返洛阳,与由苏州返洛阳的白居易在扬州相逢。白居易于筵席上赠诗,其中云:"诗称国手徒为尔,命压人头不奈何。举眼风光长寂寞,满朝官职独蹉跎。"刘禹锡便作了气豪格高、理深韵幽的《酬乐天扬州初逢席上见赠》:

> 巴山楚水凄凉地,二十三年弃置身。
> 怀旧空吟闻笛赋,到乡翻似烂柯人。
> 沉舟侧畔千帆过,病树前头万木春。
> 今日听君歌一曲,暂凭杯酒长精神。

诗人因朋友的真诚同情而不胜感慨,但他却并不一味抱怨命运,而是以达观的态度看待人生,以高度的自信向往未来。是呵,诗人何须悲怨,又怎会颓唐,巴山楚水滋养了诗人,长江文化陶冶了诗人,坎坷人生磨练了诗人。诗人的宏论佳作,多成于巴山楚水。诗人的才名文誉,也隆盛在长江流域。

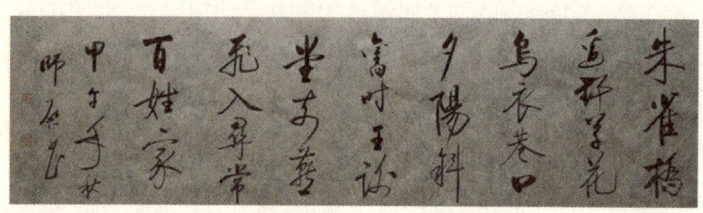

「《乌衣巷》,启功书写」

有哲人之思,怀国家之忧,刘禹锡常感今思古而睹物咏史。所作《西塞山怀古》《金陵怀古》《石头城》《乌衣巷》等诗,以卓越的见识、高度的概括、精练的语言、含蓄的表达,为人赞叹。

在朗州时,刘禹锡"乃依骚人之作,为新辞"。至夔州,他借鉴巴渝民歌而新创《竹枝词》《踏歌》。他的《竹枝词》,去俗入雅,推陈出新,朴素自然,兴寄丰厚,清丽优美,将"竹枝词"的表现艺术发展到一个新的高度,也使得"竹枝词"成了历代文人乐于创作的诗体,成了长江流域诗歌苑中经久不凋的奇葩。

> 二十年来万事同,今朝歧路忽西东。
> 皇恩若许归田去,晚岁当为邻舍翁。

这是唐代著名文学家和思想家柳宗元赠给刘禹锡的《重别梦得》诗。诗中概括了两人共同经历的宦海浮沉、人世沧桑,表达了两人志同道合、

隋唐五代

「永州柳子庙」

患难与共的亲密友情。

柳宗元（公元773—819年），字子厚，十二三岁时，随在长江流域为官的父亲游历南方。入仕后，即与刘禹锡一起参加了王叔文、王伾发起的永贞政治革新。革新失败，贬往永州，转迁柳州，谪死南土，自叹："一生判却归休，谓著南冠到头。冶长虽解缧绁，无由得见东周。"（《六言》）在荒僻的永州，他仿效屈原《离骚》而作辞赋，以屈原精神自励，拟屈骚风格行文。《新唐书·柳宗元传》记载："其堙厄感郁，一寓诸文，仿《离骚》数十篇，读者咸悲恻。"宋代诗论家严羽在《沧浪诗话》中评论："唐人惟柳子厚深得骚学。"同时，他通过精研典籍、探究天人之道，也意倾老庄道家。思有所得，情有所动，辄寄诸诗文。他的名著佳作，大都完成于贬谪永州时期。

在文学方面，他与韩愈共同倡导古文运动，也成了与韩愈齐名的散文大家。他的诗名虽然不及文名，可他的诗歌也秀于唐诗之林。

柳诗以山水诗的成就为高。正像散文名作《永州八记》一样，柳宗元的山水诗名作《南涧中题》《秋晓行南谷经荒村》《中夜起坐望西园值月上》和《渔翁》等，都作于永州。不过，柳宗元寄情于山水，所作山水诗往往寓含其忧愁幽愤的感情和显现其孤高峻洁的个性。如人称奇绝之作的《江雪》：

「《江雪》诗意图，傅抱石作品」

千山鸟飞绝，万径人踪灭。
孤舟蓑笠翁，独钓寒江雪。

寥寥短章，却是诗中有画，景中溢情，象意浑成，客主一体，境界阔大，韵味深长。不言而喻，诗中那位端坐孤舟上、"独钓寒江雪"的"蓑笠翁"，岂不就是谪于荒僻南土、深感零落寂寞却又傲对风雪的诗人自我形象的艺术写照么！蔡绦《西清诗话》说："柳子厚诗雄深闲淡，迥拔流俗，致味自高，直揖陶、谢。"不妨说，柳宗元的山水诗，"直揖陶、谢"又别具一格，继承和发展了长江流域山水诗的艺术传统。

散文大家韩愈（公元 768—824 年），继承屈原的"发愤以抒情"及司马迁的"发愤之所为作"的创作思想，进而提出了著名的"不平则鸣"说。他的诗文创作，多用"庄骚"之典、多法"庄骚"之体，颇得"庄骚"文情而袭"庄骚"文风。被贬往南方时，他写了许多"不平则鸣"的诗歌。

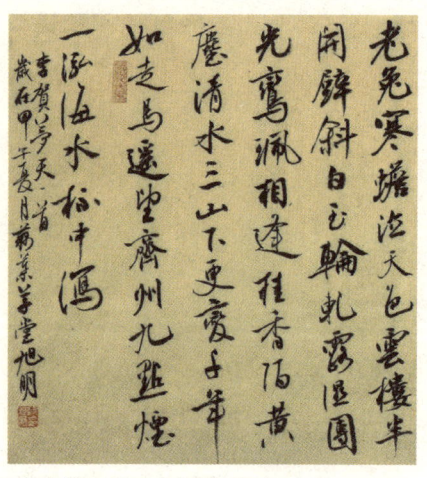

「《梦天》，殷旭明书」

被称为唐代诗坛"鬼才"的李贺（公元 790—816 年），因入仕无门而致力为诗，呕心沥血地作诗以抒悲愤，在诗歌创作上乃以楚辞为宗，自述："长安有男儿，二十心已朽。楞伽堆案前，楚辞系肘后。"（《赠陈商》）他袭屈原楚辞之风，激李白诗歌之波，借助新奇的想象，运用形象的语言，采取象征的手法，敷以浓丽的色彩，创造瑰诡幽诞的境界来寄寓"哀愤孤激之思"，写出像《梦天》《浩歌》《天上谣》《金铜仙人辞汉歌》等继承屈、李浪漫主义传统又别开生面的异情幻采之作，在短暂的一生中以独树一帜的诗歌艺术成就而为人惊叹。他的诗歌，亦可看作长江流域诗歌之流变。唐人即称李贺诗"盖骚之苗裔，理虽不及，辞或过之"（杜牧《李贺歌诗集序》）。

晚唐诗人的代表，是杜牧、李商隐和温庭筠。杜牧的创作，已具南方诗歌特色。李、温的诗词，总体上几乎就是长江流域诗风在晚唐的发展。

继杜甫之后被称为"小杜"的杜牧（公元 803—853 年），年轻时便南游长江流域，登科后在江西、宣州（今安徽宣城）、扬州等地做了十年幕府吏，自谓："十年一觉扬州梦，赢得青楼薄倖名。"（《遣怀》）任

京官数年，他又相继出任黄州（今属黄冈）、池州（今安徽贵池）、睦州（今浙江建德）刺史。晚年，他出守吴兴，为湖州

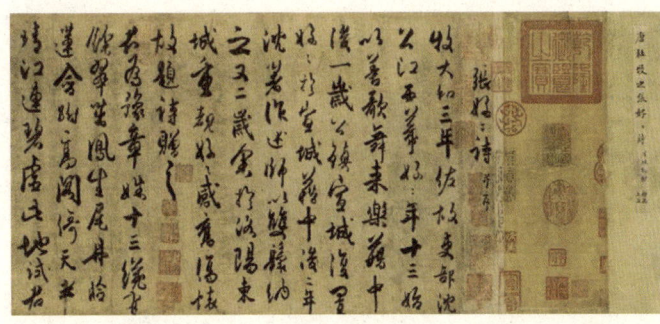
「杜牧《张好好诗》墨迹（局部）」

刺史。几乎半生，他都是在长江流域度过的。他的作品，尤其是诗歌代表作，多成于长江流域。如历代传诵的《江南春绝句》《题齐安城楼》《赤壁》《秋浦途中》《题乌江亭》《南陵道中》等。"小杜"的诗歌，主要继承杜甫诗的精神而得屈骚文情，多抒发伤时忧国和古今兴亡的郁愁幽思，风格深沉俊爽、遒劲流丽。如名作《泊秦淮》：

烟笼寒水月笼沙，夜泊秦淮近酒家。
商女不知亡国恨，隔江犹唱后庭花。

诗人触景动情，缘情绘景，感兴深幽；诗作构思精细，造境凄清，达意婉曲，乃人咀嚼，显示出诗人不同凡响的文思才情。

一生坎坷、郁不得志的李商隐（公元813—858年），为"匡国"和生计，壮年在长江流域的徐州、梓州（今四川三台）为幕僚，去世前一年任盐铁推官而游江东。他的诗作，数量较多，题材广泛，但最有造诣的是爱情诗，如代表作《无题》之类。这类诗作，往往通过丰富的想象、虚幻的描写、比兴象征的手法、绚丽多彩的文辞，创造系列的意象，构成深情绵邈而恍惚迷离的意境。他自称这类诗继承了屈骚的比兴象征艺术传统。前人论其诗，也谓之"屈、宋之遗响"。在长江流域，他作诗多也名作多，如《岳阳楼》《夜雨寄北》《江东》《南朝》等，都深受人们赞赏。七绝《楚吟》有诵：

「李商隐《无题》」

山上离宫宫上楼，楼前宫畔暮江流。
　　楚天长短黄昏雨，宋玉无愁亦自愁。

　　诗歌生动地描绘出楚天暮雨中的荒凉楚宫景象，末句借咏宋玉哀愁而托出诗人悲慨，诚然是楚山楚江皆含情，楚宫楚楼皆有托，情通宋玉，诗法宋赋，巧于兴象，精于写意。李商隐诗，在前人致力于诗歌意境创造的基础上开拓出新，使得诗歌意境的创造更加无迹可寻，显示了中国古代诗歌创作至晚唐的发展状况和艺术成就，并以"寄托深而措辞婉"的独创风格深深影响了后人。

　　在晚唐诗坛上与李商隐并称的温庭筠（约公元812—866年），一生恃才傲物，放浪不羁，潦倒以终。曾依附镇守襄阳的徐商，又久居江南而在诗中自称"江南客"。温庭筠诗，主要取法李贺诗的形式而颇得屈骚文辞，多歌吟生活中所历所感，风格清绮艳丽，艺术成就不及李商隐诗。不过，温庭筠长期出入歌楼妓馆，又"能逐弦吹之音，为侧艳之词"，乃大量填词，以满足声色之娱、歌舞之需，成了中唐以来词作最多、影响也最大的文人。温词多写妇容闺情，刻意雕金镂翠，风格秾艳香软、缠绵婉约。《梦江南》词两曲，则是其不多见的清丽之作。其二云：

　　梳洗罢，独倚望江楼。过尽千帆皆不是，斜晖脉脉水悠悠，肠断白蘋洲。

　　词作犹如一幅简笔水墨画，淡淡数笔，就生动地勾勒出一位依楼远眺、苦盼离人、含情脉脉、一脸哀怨的少妇形象。学者认为，温词上承南朝浮艳诗风，下启五代"花间词派"，在中国词史上有着开源拓流的贡献。

花间集

　　源于民间"歌诗"的"曲子词"，自唐代中晚期，因张志和、白居易、刘禹锡、温庭筠、皇甫松等文人纷纷写作而日渐增多，已显露出兴盛的迹象。

　　唐末五代之际，世象纷乱。军阀王建在蜀中建立前蜀小朝廷（公元907—925年），偏安一隅。中原文士，咸集避难。不久，后蜀（公元925—965年）又取代前蜀。蜀中富饶，锦城花重。亲历世事沧桑、痛感人生梦幻的西蜀君臣，乃沉醉于花天酒地，流连于歌舞声色。一些失意文人，也常于花间月下、席上樽前，"且陪烟月醉红楼"。其中能诗擅文者，也雅好新声旧曲而乐为情语艳词，或供宴享歌舞之用，或娱自我陶醉之心，或寄离乡别人之慨。于是，"依曲以定体"的词，便因蜀中的诗客文士集中创作而首先在长江上游蔚为大观。

蜀中扇扬词风，风气一开，世人袭从。后蜀时，赵崇祚迎合社会需要而编辑词集，选录了自唐开成元年（公元836年）至后蜀广政三年（公元940年）的18家词人之作。

词作被选录于《花间集》的这批五代西蜀词人，即后人所称的"花间词派"。

《花间集》中所收作品，以温庭筠词和韦庄词的成就最高。温词已如前节所述，韦词则在早期词坛与温词同享盛誉。温庭筠被"花间词派"尊为鼻祖，韦庄则是"花间词派"的代表作家。

本为唐朝京官的韦庄（约公元836—910年），晚年入蜀，在唐亡后助王建创立前蜀小朝廷，并任蜀相。他是中唐诗人韦应物的四世孙，"幼能诗，以艳语见长"，壮年浪迹长江中下游达十余年，游踪所至皆有题咏。他的诗作，多纪游怀古、伤时悯乱，往往是"感慨遥深，婉而多讽"，又以七律和绝句尤工。韦诗虽然为人称道，但韦词的声誉更高。有似温词，韦词也多写妇容闺情，风格婉约绮艳。比较而言，韦词又非全为"镂玉雕琼"，常以白描手法、浅显语辞来绘人摹景、抒情达意。

成书于五代时长江上游的《花间集》，是中国第一部文人词作总集。它不仅保存了中国早期的词家之作，更重要的是，它的出现标志着词体在中国文学苑中的正式立足并将独立发展。后人因此奉它为"依声填词之祖"、"长短句之宗"，它的基本风格也成了后世词风的主流。

南唐词

几乎与后蜀建立同时，长江中下游建立了南唐小朝廷（公元937—975年）。奠都金陵（今南京）的南唐，疆域一度扩张至今安徽、江西、湖北、湖南。可是，居处六朝繁华地、温柔富贵乡的南唐君臣，不思励精图治,却贪恋声色犬马,陶醉于"绿酒一杯歌一遍"的享乐生活中。惧于北方王朝的压力,他们更是沉溺在宴享歌舞、遣兴于词赋弦吹之中贪欢寻乐、苟且偷生。长江下游是当时中国经济最发达、文化最繁荣、都市生活最丰富的地区,由于南唐君臣有着较西蜀文人更高的文学艺术素养,又承受了更大的社会压力或经历了更大的人生变故,南唐因而有着当时词兴盛的最优越的社会条件和最理想的创作群体,南唐词也取得了高于西蜀词的艺术成就。

南唐词的代表作家,是南唐二主李璟、李煜及南唐宰相冯延巳。

数度出任南唐宰相的冯延巳(公元903—960年),本"以文学得幸"。冯词之作,动机和目的基本上同于"花间词"。不过,身居高位、执掌权柄的冯延巳,深感外有敌国虎视之患、内有朝臣倾轧之忧,故所作"乐府词",并非尽似"花间词"那样多以华艳词藻铺写妇容女饰,而是多以清新流丽的语辞着力抒发妇女内心的愁苦,隐然流露出词人处世所感的"为问新愁,何事年年有"的忧伤。

「李璟《浣溪沙》词意图,白伯骅作品」

南唐中主李璟(公元916—961年),少由冯延巳陪侍读书,也最爱冯氏多能而倚重之。他"风度高秀,工属文……多才艺",嗣位后宴乐击鞠不辍,新曲艳词助欢,可好景不长,被迫向周称臣,抑郁而死。今存其词五首,以《浣溪沙》著名。其词也写思妇的春恨秋愁,抒写真切细微,寄托深曲宛转,风格近似冯词,体现了南唐词的风貌。"细雨梦回鸡塞远,小楼吹彻玉笙寒"一联,以精炼的语词,生动地描写出在迷蒙细雨中独自依楼吹笙的思妇那昼想夜梦、眼望声唤的愁苦情态,也隐约托出词人深感南唐小朝廷风雨飘摇又无可奈何的落寞心境,尤为古今文士赞赏。

南唐后主李煜(公元937—978年),善属文,工书画,知音律,实为风流才子,误作人间国主,又生不逢时,刚嗣位宋朝即立,又无力强国抗宋,只得卑词厚币以附宋、苟安享乐15年,最终沦为宋囚,死于宋太宗所赐毒酒。他的早期词作，多为宫廷"宴嬉逸乐"之作，尽管显其才情，仍为"花间词"余绪。经过人生大变故，他的词风大变。所作不再像李璟、冯延巳及一些"花间词人"那样一味"托儿女之辞"以寄寓己情，而是大都直抒身为囚徒的百结愁肠和无限哀痛。如《乌夜啼》：

无言独上西楼，月如钩。寂寞梧桐深院锁清秋。

剪不断，理还乱，是离愁，别是一番滋味在心头。

又如《虞美人》：

春花秋月何时了，往事知多少？小楼昨夜又东风，故国不堪回首月明中！

雕阑玉砌应犹在，只是朱颜改。问君能有几多愁，恰似一江春水向东流。

这样的词作，完全是词人自我的直接表现，是词人情感的淋漓宣泄，形象地展示了软禁为囚的词人"日以泪洗面"、偷生莫如死的愁苦生活状况，充分地表达了词人的故国之思、亡国之痛和凄凉之感，而且能即景抒怀、缘情造境、巧喻达意，以致词作意境深闳、个性鲜明、感情强烈，有着巨大的艺术表现力和艺术感染力。如果说冯延巳词已显示出晚唐五代词的"初变"的话，那么，李煜词则基本完成了这种"初变"，以其突出的自我表现和高度的艺术造诣体现了晚唐五代词的最终成就。

在中国词史上，花间词的功绩，主要在于承上而激词作初澜；南唐词的功绩，主要在于启下而兴词作洪涛。故前人视南唐词为"词家渊薮"。文人词在宋代大盛并成为有宋一代文学的代表，就是因有南唐词的奠基。

两 宋

中国经济文化的重心,自汉末开始南移,到宋代最终完成。南方的长江文化,在宋代已成为中国文化的主导。

宋代文化的代表人物,多为长江流域人。宋代的诗词名家,也多为长江流域或在长江流域生活过的人物。

宋代长江流域诗词的发展,在唐代长江流域诗词艺术成就的基础上别开生面,不仅形成了有别于唐诗韵味的宋诗格调,而且造就了宋词的繁荣昌盛。大盛的宋词,也成为两宋文学的代表。

宋初名家

晚年贬居黄州（今湖北黄冈）、人称"王黄州"的王禹偁（公元954—1001年），首先卓立于北宋诗坛。他深受长江文化传统影响又长期被贬谪在长江中下游，景仰屈原。其人其性，与屈原相仿佛；其诗其文，与屈骚相承续。他的黄州之作，也显示出他文学创作的成就。他感叹："可怜诗道日已替，风骚委地何人收。"（《还扬州许书记家集》）于是，他自觉弘扬"风骚"传统，反对浮薄诗风，又首倡"文以传道而明心"之说，强调诗文要益于时世和表达真情。他的诗文，多言国事、述民瘼，表达出类同屈原的忧国忧民情怀，如《对雪》《感流亡》《十月二十日作》诸诗。

早年浪游江淮间、后隐居杭州西湖孤山"梅妻鹤子"的林逋（公元967—1029年），不慕诗词名却以诗词传名。他的诗作，主要歌咏宁静清苦的隐居生活、表达淡泊高洁的人生志趣，风格澄淡闲逸，鲜明地体现了长江文化传统。最为人赞叹的，是他的咏梅诸诗。《山园小梅》诗中的"疏影横斜水清浅，暗香浮动月黄昏"

「《山园小梅》诗意图」

一联，淋漓尽致地展示了梅花的气质风韵，也充分深刻地写照出诗人的精神品格，故被人推崇为千古绝唱，对后世诗词创作影响很大。

吴县（今属苏州）人范仲淹（公元989—1052年），虽然是积极推行"庆历新政"的著名政治家，在文学上也深有造诣。他的代表作《岳阳楼记》，记长江中游的名楼，所抒情怀自当因长江文化名人所引发。文末名句"不以物喜，不以己悲"、"先天下之忧而忧，后天下之乐而乐"，展示的是作者胸襟，继承的是庄周和屈原的精神。《野色》《江上渔者》《出守桐庐道中》等诗作，都用语平易，独抒性灵，尽显本色。他存词五首，数量虽少，成就和影响却不小。《苏幕遮》"碧云天"，写羁旅乡愁,虽然抒情婉转,却是"大笔振迅",沉雄清刚之气透于字里句间,显露出范词的造诣和不同于传统婉约词的特点。描写边塞生活的《渔家傲》,更是大异传统的低沉婉转之调:

「范仲淹,张广昌作品」

塞下秋来风景异,衡阳雁去无留意。四面边声连角起。千嶂里,长烟落日孤城闭。

浊酒一杯家万里,燕然未勒归无计。羌管悠悠霜满地。人不寐,将军白发征夫泪。

上片描写边塞秋景,下片着重抒发将士怀抱和作者胸襟,格调苍凉悲壮、慷慨雄放。这首词,在中国词史上首先开拓了表现领域,即以词体反映国家、社会的重大题材,并以格调慷慨悲壮的词风而发宋代豪放词的先声。

安陆人宋庠(公元996—1066年)、宋祁(公元998—1061年)兄弟,并有文名,时称"二宋"。"二宋"才华甚高,工于诗词,只是仕途较为顺畅,人生经历不够丰富,作品的内容也较为局狭。相对而言,宋祁的名篇佳句又多于其兄。所作《落花》二首、《九日置酒》诸诗,能即景抒情,托物达意,且蕴藉俊逸,工巧清丽。《玉楼春》"东城渐觉风光好"一词,脍炙人口,流传广远。其中佳句"红杏枝头春意闹","著一'闹'字而境界全出",使得宋祁在当时就有了"红杏枝头春意闹尚书"的美称,又成为后世讨论诗词琢句炼字的范例。

醉翁风范

主盟宋代文坛的第一人,是自号"醉翁"的庐陵(今江西吉安)人欧阳修(公元1007—1072年)。他入仕后积极参与了"庆历新政",一生屡遭贬谪,先后在长江流域的夷陵(今湖北宜昌)、滁州、扬州、颍州(今安徽阜阳)、应天府(今南京)等地为官,官至翰林学士、枢密副使、参知政事,谥号"文忠",世称欧阳文忠公。王安石在《祭欧阳文忠

两宋

公文》中称他"果敢之气,刚正之节,至晚而不衰"。

为促进社会改革,欧阳修在文坛上大力倡导诗文革新,继承韩愈的文学思想而强调"道"决定文。他所说的"道",并非只是时儒倡言的纲常伦理,而主要指人间"百事"。因此,他主张诗文应反映现实生活,为现实政治需要服务,为忧虑天下乱亡而作,反对脱离现实而专事雕琢的浮靡文风,提倡平实自然的文风。他的诗文革新主张,其主旨仍在于弘扬"风骚"传统和屈骚精神。进而,他提出了"诗穷而后工"的著名论断,表达了他总结自屈原以来的文学创作现象而得出的关于封建社会文学创作的规律性认识。在改革呼声高涨的时代,在他的创作实绩示范下,在梅尧臣、苏舜钦以及他奖掖的王安石、曾巩、苏洵、苏轼、苏辙等文坛名家的积极响应、参与下,他领导的诗文革新运动基本上取得了成功,对宋代文学的发展产生了深远影响。

在文学创作上,欧阳修可谓无所不能。他的散文创作成就卓越,被列为"唐宋八大家"之一。他的诗词虽然不及其散文成就高,但也雄踞当时诗坛词界并开一代风气。

北宋初年,情虚辞艳的"西昆体"风靡朝野,诗坛流弊日甚。进步文士王禹偁、柳开、姚铉等乃勇抗流俗、倡"风骚",成为诗文革新运动的先驱。欧阳修则发挥韩愈的文学思想,挺身发起了诗文革新运动,不仅从理论上批判浮艳文风,强调诗歌应有感而发、美善刺恶、劝戒致用,而且在创作上力"矫昆体"。因此,欧诗"专以气格为主",直抒胸臆、畅达真情、明表好恶,可谓诵其诗而知其人。由于欧诗笃求情真意实,着眼劝戒致用,故直抒真情、明达实意而语句平易疏畅,往往好似心语自然流出,信口吟成而未予修饰。又由于在创作上从韩愈而尚"载道",欧诗也承袭了韩诗的散文化、议论化的倾向,不过终究是平易畅达而不似韩诗那样险怪艰涩,且于叙述之中见奇想、议

「醉翁亭图卷,(明)仇英作品」

论之中含激情。

欧阳修的词,沿着花间词和冯延巳词的创作道路而有所开拓,虽以写恋情别怨为主,也寄寓人生情趣和抒发自我怀抱。如《蝶恋花》:

庭院深深深几许?杨柳堆烟,帘幕无重数。玉勒雕鞍游冶处,楼高不见章台路。

雨横风狂三月暮,门掩黄昏,无计留春住。泪眼问花花不语,乱红飞过秋千去。

词写锁在深闺的女子伤春怀人而愁苦难耐的情绪,曲折深婉而人所不及,或如前人指出的是仿屈骚而有寄托。再如《采桑子》十首及《踏莎行》"候馆梅残"、《浪淘沙》"把酒祝东风"、《浣溪沙》"堤上游人逐画船"等佳作,抒情婉曲,述怀豪逸,遣辞雅丽,可谓远绍屈骚"缘情而绮靡"的艺术表现,又近承晚唐词婉约清隽的艺术成就,汰洗了花间词的脂粉气,在宋代词坛开一代新风。

「欧阳修《采桑子》词意画」

齐名于北宋中期文坛、受到欧阳修推重的梅尧臣和苏舜钦,都是长江流域人,又都是欧阳修领导的诗文革新运动中的重要诗人。

宣城人梅尧臣(公元1002—1060年),字圣俞,一生困厄。他抨击浮艳诗风,力矫昆体流弊,自述"我于诗言岂徒尔,因事激风成小篇"(《答裴送序意》),作有《陶者》《田家语》《岸贫》《小村》《汝坟贫女》等许多反映社会现实、同情人民苦难的诗歌,并且有意追求语言平淡而意境深远的艺术表现,强调"作诗无古今,惟造平淡难"(《读邵不疑学士试卷》)。"平淡深远",也就成了梅诗的基本风格。有似欧诗,梅诗笃求情真事实,偏于用平易冲淡的语言述事达情,也呈现出散文化、议论化特征。

原籍梓州铜山(今四川中江)人苏舜钦(公元1008—1049年),字子美,入仕后虽官小位卑,却敢论朝政,因倾向范仲淹等人的政治改革,遭保守派官僚的诬陷，被削职为民，乃居苏州，效法楚地前贤，筑沧浪亭，"而时发其愤闷于歌诗"。他的诗歌主张，与欧阳修和梅尧臣的思想基本一致。他的诗歌，则多是"发愤以抒情"之作，"其体豪放，往往惊人"，

「苏州沧浪亭」

"轩昂不羁，如其为人"，但也往往因气盛语直而不够含蓄，同欧诗、梅诗一样初显宋诗的"直说"特征。《对酒》《奉酬公素学士见招之作》及《夏意》《过苏州》诸诗，均能反映苏诗特色。

欧阳修高度赞誉梅尧臣和苏舜钦，并在《六一诗话》中评论说："圣俞、子美齐名于一时，而二家诗体特异。子美笔力豪隽，以超迈横绝为奇；圣俞覃思精微，以深远闲淡为意。"

"苏梅"正是以特异的诗体、各自的成就和共同的主张、相类的表现，在一定程度上显示了诗歌革新运动的实绩，有力地促进了欧阳修领导的诗文革新运动，也与欧阳修一起初步确定了宋诗以文为诗、以理见长的特征。

荆公格调

欧阳修及"苏梅"等人虽然始开宋诗风气，但真正大变唐人格调、首先为宋诗体性奠基者，是长江文化哺育出的大政治家兼文学家王安石。

临川（今属抚州）人王安石（公元1021—1086年），青年时代目睹王朝积贫积弱，"惴惴然常恐天下之久不安"，慨然有"欲与稷契遐相期"的济世之志，进士及第后不久，即上万言书，向皇帝提出变法主张。神宗时任宰相，大力推行"熙宁变法"，因触犯大地主、大官僚及大商人的利益，受到其代表司马光、程颐、程颢等人的猛烈攻击，面对"天下汹汹"的指责，公然宣明"天变不足畏，祖宗不足法，人言不足恤"，最终

「江西抚州王安石纪念馆塑像」

再被罢相,退居江宁(今南京),眼见上台执政的司马光等尽废新法、全面复旧,乃忧愤而亡。封荆国公,世称"王荆公"。

作为封建社会地主阶级的政治家,王安石为了维护封建王朝的统治和封建社会的秩序,他自然称扬孔孟而服膺纲常伦理、仁义道德等儒家之说。可他的思想之根,却扎入了道家的土壤中。因此,他弘扬道家思想而新释儒经,建构了以《三经新义》为基本内容的"荆公新学",为他的变法主张提供理论根据和进行理论宣传。"荆公新学"对传统儒学给予了毁灭性的冲击,也体现了北宋思想文化上的成就。

当时就被呼为"南方人"的王安石,率真任性、举止散漫、不拘一格、勇于革新,不仅在思想界创"新学"、在政界行"新法",而且在文学创作上也使气命才、推陈出新,振扬起劲的南风。

经亦为"楚士"的大散文家曾巩引荐,王安石得以结识前辈乡贤欧阳修,深得欧阳修的器重并为之延誉。尽管两人的政见有分歧,但两人的文学观念却一致,即都主张诗文革新并积极推动诗文革新运动。王安石明确将诗文革新作为他变法革新的重要组成部分,将文学创作与政治活动密切结合在一起,所作诗文一般也具有充实的社会内容、鲜明的政治倾向。他的前期诗歌,大都有着较强的社会性和现实性,而且多采用散文笔法来叙事,如《兼并》《收盐》《省兵》《河北民》等。作为政治家和思想家,他在诗中常爱论事说理,表达自己的政治见解和哲理认识,抒写自己的人生感慨和理想追求。因此,王安石借诗歌形式叙事、咏史、写人、纪行,甚至为"挽辞",总之是所见所闻、所思所感皆可以诗歌表现。王诗的"以文为诗"、"以议论为诗"及直露地表现自我的特征,也较欧、梅、苏等人的诗歌更加突出,以至于激扬了欧、梅、苏等人所开的宋诗风气。

相对于欧、梅、苏等人的诗歌,王诗可谓同其风而激其波,类其性而成其体,乃大变"唐人格调",鲜明地显示了"宋人格调",不仅有力地推动了诗文革新运动,也进而奠定了宋诗的体性风貌。然而,王诗中的议事论理之作,虽有气沛骨劲、思深意厚之长,却具兴象缺失、神韵不足之短,已显平叙直说、索然寡味的宋诗弊端。

「《泊船瓜洲》诗意图」

晚年罢相闲居的王安石,忧愤万端,郁闷难泻,于是神通庄、禅以旷心,模范山水以寄情,讲究诗歌的韵味,追求诗歌的"化境",诗风因之大变,诗作也有"兴象之华妙"。如堪称这类诗作的代表之一的《江上》:

江北秋阴一半开,晚云含雨却低徊。

青山缭绕疑无路,忽见千帆隐映来。

这首七绝,犹似一幅清远淡雅的水墨画,历历展现了秋日暮江的奇丽景象,又切切表达出诗人遗落世事的恬淡心境,还隐隐寄寓着诗人的人生自信和社会展望;透过画面,似乎可见立于江舟极目远眺、神色宁静萧散、思绪飞越古今的诗人形象;短诗可谓景、情、理浑然一体,写得工致雅丽,表现蕴藉风流,令人一咏三叹、寻味无穷;后两句看似因景成象、随口吟得,却不仅在造语、音律上极为工巧雅致,而且富有诗意,饱含哲理,陆游《游山西村》中的名句"山穷水复疑无路,柳暗花明又一村"即由此而生发。

独具一格而成就斐然的王诗,秀于宋代诗苑,被称为"荆公体"。"荆公体"成,宋诗风兴。宋代诗歌的主流"江西诗派"和别调"诚斋体",都不同程度地受其影响。

王安石的词作虽然不多,却也见个性、有特色。代表作《桂枝香·金陵怀古》,将怀古伤今、感叹兴亡这样的重大题材和严肃主题带入词的领域,状物抒情自然真切,又思想深刻、气格刚健、境界阔大,被誉为宋代"金陵怀古"之作的绝唱。

柳永巨手

名著北宋前期词坛的"二晏"、张先和柳永,都是长江流域或在长江流域长期生活并创作的人物。

年少即"以神童荐于朝"的临川人晏殊(公元991—1055年),官至仁宗朝宰相,在宋初名高位重。他"文章赡丽,应用不穷,尤工诗,闲雅有情思"。由于一生仕途通达、富贵优游,他的诗词,大都是宾主酬酢的产物。所作长短句,追踵冯延巳词,亦深得冯词清丽雅致、委婉含蓄之妙。不过,晏殊作词虽步冯词后尘,题材局狭,内容空虚,却能在艺术上明确反对"格调猥俗而脂腻者",致力于温润秀洁、蕴藉风流的审美化追求,而且殚精覃思地琢句造语,故词作艺术成就较高,在宋初影响很大。代表作《浣溪沙》"一曲新词酒一杯",最为有名。词中"无可奈何花落去,似曾相识燕归来"一联,诚然是景因情生,意借物传,景物朗丽,情意缠绵,属对工巧,辞语流利,音调

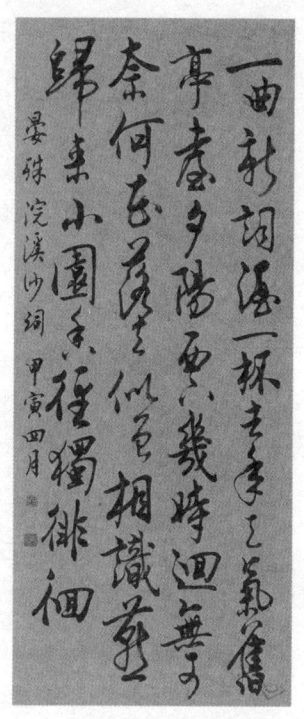

「晏殊《浣溪沙》」

谐婉,前人乃以此联作为词与诗、曲分界的示例,强调它"是倚声家语"。

晏殊的幼子晏几道(约公元1030—1106年),才情文思不输于其父,词作也与其父同风而齐名。只是他孤高耿介,不合流俗,经历了人生变故,感受到世态炎凉,因而虽多为男欢女爱之作、离愁别绪之词,但往往在词中融入了自己的身世感伤和人生悲慨,不似其父"为赋新词强说愁",词作抒情尤为缠绵悱恻、凄婉动人。《临江仙》"梦后楼台高锁"、《鹧鸪天》"彩袖殷勤捧玉钟"二词,颇能见"小晏"词的特色和造诣。"小晏"生活的时代,已是北宋后期,词坛大家卓立,故小晏词的造诣虽然"过于父",却仍袭五代词风而不能创格,在北宋词坛上的地位和影响则未能"过于父"。

两 宋

江南乌程（今浙江湖州）人张先（公元 990—1078 年），曾任秀州（治今浙江嘉兴）通判、渝州（今重庆）知州等职，晚年退居故里，优游乡土，吟诗写词，交结名流。他虽不专力作词，但枥南风而好为词，既擅小令，亦写慢词，小令与晏殊、欧阳修并称，慢词则与柳永齐名，作品既多也存词较多，而以小令的成就较高。张词承袭五代词风，却能写得工巧雅丽、韵味隽永，尤善琢句炼字，构成意象新奇、意蕴含蓄的辞句。如"云破月来花弄影"、"柳径无人，堕风絮无影"、"中庭月色正清明，无数扬花过无影"、"不如桃杏，犹解嫁东风"等，都是写景抒情的名句，脍炙人口而为人传诵。张词也有创格，如《渔家傲·和程公辟赠别》，可谓开以诗入词的先河。张先长寿，晚年与苏轼过从甚密，诗词也为苏轼推重。苏轼称扬张词"盖诗之裔"的特征，则显示出宋词的变革，又实为苏轼大加张扬而终成"以诗为词"之事。

《四库全书总目提要·东坡词》说："词自晚唐五代以来，以清切婉丽为宗，至柳永而一变，如诗家之有白居易。"清代以来的词史研究者，大都视此说为经典之论。

首先使传统词体词风为之一变的柳永（约公元 987—1053 年），崇安（今武夷山市）人，精通音律，擅长词曲。他年轻时应试不中，失意无聊，沉溺在"秦楼楚馆"里"浅斟低唱"，因词作深受乐工歌妓喜好、平民雅士欢迎而一发不可收，成为北宋第一位专力作词的文人。一生郁不得志而长期飘荡的他，主要寄迹于繁华都市，除宋都汴京（今河南开封）外，就是"念去去千里烟波，暮霭沉沉楚天阔"的苏州、杭州诸地，最后凄凉地死于润州（今江苏镇江）。他的词作名篇，有许多就写于行役长江流域之时、羁旅楚天都会之中，如《望海潮》"东南形胜"、《曲玉管》"陇首云飞"、《采莲

「柳永《雨霖铃》词意图，姚龙顺作品」

令》"月华收"、《卜算子慢》"江枫渐老"、《夜半乐》"冻云黯淡天气"、《迷神引》"一叶扁舟轻帆卷"、《瑞鹧鸪》"吴会风流"等。

　　柳永"一变"宋词,首先在于体制的拓展,即大量创作慢词,将传统词体由小令发展为长调,使词体能够反映丰富的内容和表达复杂的感情;其次是意境的开创,即在词中既描绘都市景象,又表现市民生活,更抒发自我感受,并且通过真挚而强烈的感情注入,构造出情景交融、物我一体、意象浑成、境界阔大的意境,使得词的意境远比传统词深阔;再次是写法的出新,即前所未有地采用铺叙手法和民间俚语俗词来作词,使得词成为可以自由叙事、写景、抒情又生动活泼的文学体裁,由此也更具社会功用和社会价值。《八声甘州》"对潇潇暮雨洒江天",颇见柳词造诣:

　　　　对潇潇暮雨洒江天,一番洗清秋。渐霜风凄紧,关河冷落,残照当楼。是处红衰翠减,苒苒物华休,惟有长江水,无语东流。

　　　　不忍登高临远,望故乡渺邈,归思难收。叹来年踪迹,何事苦淹留?想佳人、妆楼颙望,误几回、天际识归舟。争知我倚阑干处,正恁凝愁。

　　显然,此词是柳永在长江之滨的登高临远之作。上片写景,可谓"层层铺叙,情景兼融";"渐霜风……"三句,笔力苍劲,境界开阔,意蕴深厚,被苏轼赞为"不减唐人高处";收语寄情于长江东流水,得李煜词意象之妙。下片直抒情怀,可谓"一笔到底,始终不懈",层层递进,虚实表达,回环往复,一唱三叹,将归思别绪抒发得淋漓尽致、真切感人。前人称柳词工于写景,长于平叙,造语不事雕琢,又"曲处能直,密处能疏,鼻处能平,状难写之景,达难达之情,而出之以自然"。所说的种种特点,皆可于此略见。

　　"一变"宋词的柳永,"自是北宋巨手"。柳永能变词体词风,则除了他个人的才情学养之外,更重要的恐怕还是繁华都市的经济文化生活对风流浪子的熏染和激发。不难想象,柳永若不寄迹于江南都会的"秦楼楚馆",若没有"教坊乐工,每得新腔,必求永为辞",若不是"凡有井水饮处,即能歌柳词",柳永岂会苦心孤诣而作词?又岂会应社会的需要而大制慢词?柳词大行于世,宋词也大兴于世。

东坡豪放

宋代文坛上最耀眼的巨星是苏轼,苏轼的诗词创作也显著地体现出长江文化的传统影响和壮丽气象。

苏轼(公元1037—1101年),眉山人,字子瞻,生于文学世家。父苏洵、弟苏辙亦为宋代文化名人,父子并号"三苏"。入仕后,他坚怀同于屈、贾的"忧国爱民之意,自为小官,即好僭议朝政,屡以此获罪"(苏辙

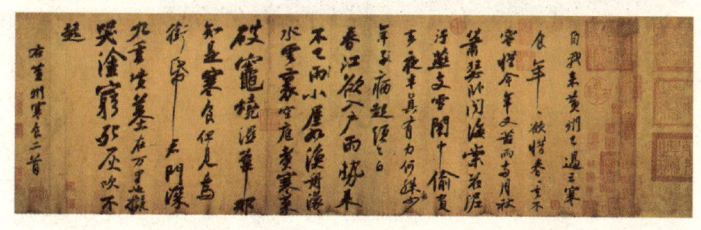

〔 苏轼《黄州寒食帖》墨迹 〕

《东坡先生墓志铭》),也屡遭贬谪,流宦南方各地,却有似屈原那种"九死不悔"的精神,明确表示"然受性于天,不能尽改"。他不仅长于诗文,而且工于书画。卓跞的天赋才华,良好的家庭教育,奋励有为的人生追求,优良传统的继承发扬,使他成了诗、词、文、书、画诸艺皆擅的文艺巨匠。

因非议王安石的新法,苏轼由京官外放,先后在长江流域的杭州、徐州、湖州任职。公元1080年,他又因"乌台诗案"贬为黄州团练副使。谪居黄州近五年里,是他一生的转折点,也是他游心于古今而思想最成熟、寄情于文学而创作最辉煌的时期。他"筑室于东坡,自号'东坡居士'"。他追踵李白而实现了"并庄、屈以为心",形成了"一蓑烟雨任平生"的坚强性格和旷达胸襟。他合庄、屈之心弘于内、发于外,文风因之大变。他的许多代表作,都作于黄州,如《初到黄州》、《南堂五首》、《和秦太虚梅花》、《念奴娇》"大江东去"、《浣溪沙》"山下兰芽短浸溪"、《卜算子》"缺月挂疏桐"、《定风波》"莫听穿林打叶声"等。这些作品,体现出他弘扬"庄骚"传统而形成的基本风格,即真率、深挚、豪迈、旷放、雄肆、飘逸、新奇、浪漫。旧党上台,苏轼被召入京,却又因反对旧党尽废新法,出任杭州、颖州、扬州、定州等地。哲宗亲政,新党

「黄冈东坡赤壁」

得势,一再打击曾为旧党的苏轼。晚年的苏轼,竟被远谪到海南岛的儋州。徽宗即位,苏轼遇赦,北还途中,病死常州。有似李白,苏轼生于长江头,死于长江尾。

苏轼主张"诗从肺腑出",作诗是"言发之于心而冲余口"。他的诗作题材丰富,内容广泛,风格多样,诸体兼备,无体不工。因"诗从肺腑出",他抒情述怀的作品,如《和子由苦寒见寄》《送刘攽倅海陵》《东阳水乐亭》《送张嘉州》等,其豪迈超逸的浪漫精神直接源自李白。为了"庶几有补于国",他"托事以讽"的作品,如《荔枝叹》《许州西湖》《夜泊牛口》《吴中田妇叹》等,其真切凝重的写实精神直接继承杜甫。小诗《东坡》,略可见苏诗有似李白诗:

雨洗东坡月色清,市人行尽野人行。

莫嫌荦确坡头路,自爱铿然曳杖声。

前两句写诗人在黄州躬耕其地的东坡夜景,辞语平淡自然,既合李白主张的"清水出芙蓉,天然去雕饰"的表现,又得诗人崇尚的"文理自然,姿态横生"的高致。所描绘的境界,已隐然可见幽居独行、骨硬神清的诗人形象。后两句直抒情志,表达了类同李白"一生傲岸苦不谐"的人生感受和"达亦不足贵,穷亦不足悲"的旷放精神,表现了视险如夷、昂然前行的豪迈气概。此诗,与诗人同时作的《定风波》词,可谓姊妹皆秀、异曲同工。文若其人。苏轼为人有李白之格,作诗也袭李诗之风。

不仅是学李效杜,苏轼还广泛师法前代名家的诗艺。他受韩愈的影响很大,尤其是大大发展了韩诗滥觞的散文化、议论化倾向。他还十分推重白居易、刘禹锡和柳宗元,诗作也颇得白诗的"了然于口"、刘诗的"峻峙渊深"和柳诗的"清新淡雅"。晚年,由于久经宦海沉浮而心境发生变化,他尤为喜好"质而实绮,癯而实腴"的陶渊明诗,"前后和其诗,凡百数十篇,至其得意,自谓不甚愧渊明"(苏辙《子瞻和陶渊明诗集引》)。能够"转益多师是我师"的苏轼,亦融诸家诗艺为一炉而冶之,汲汲追求"出新意于法度之中,寄妙理于豪放之外"(苏轼《书吴道子画后》)的艺术表现,从而"自具面目"。另外,苏轼才高学富,又能较前人及同辈更自如地"以才学为诗"、"以哲理入诗"。苏诗使事用典,广博深密,却似全不著力。《贺陈述古弟章生子》《端午遍游诸寺得"禅"字》,便是使事用典的佳作。《题西林壁》《惠崇春江晓景》《和子由渑池怀旧》,

「《题西林壁》诗意图,杜滋龄作品」

则因理趣渊深、耐人寻味而传扬广远。概而言之,苏诗想象丰富,感情充沛,气势奔放,比喻新颖,思理深邃,奇趣横生,变化莫测,风貌卓异而雄峙宋代诗坛,大有创新而为宋诗发展开拓出广阔道路,并且因融贯"以文为诗"、"以议论为诗"、"以才学为诗"而凸现了宋诗特征,与王安石诗共同奠定了宋诗体性。由于东坡诗歌出自肺腑而不以锻炼为工,故其虽袭欧阳修等人所开宋诗风气,却出神入化地综合运用文法、议论、才学来创造诗歌意境,达到了体性异于唐诗而成就可与唐诗相颉颃的高度,乃使宋人广为效法而致宋诗风气大盛。

苏诗诚高华,苏词更雄豪。清人论宋词,称柳永为之"一变","至轼而又一变,如诗家之有韩愈,遂开南宋辛弃疾等一派"(《四库全书总目提要·东坡词》)。苏轼"又一变"宋词,要者有三:

其一,是"以诗为词"。苏词将诗的表现题材和表现方法移入词体,从而大大丰富了词的内容和增强了词的表现力,并且破除了"诗言志"、词达情的分野。在苏轼笔下,诗亦词也,词亦诗也,诗词互补,形别质一。

其二,是"要非本色"。传统词体以"婉媚"为本色,苏词则出于肺腑,表现自我,展露个性,抒发真情,而不从前人故作儿女语,竟为婉丽辞,冲决了"诗庄词媚"的藩篱,使得词由表现女人性情变为表现男人气度、由婉约达情变为浩然抒怀的"豪放词"。如《江城子·密州出猎》,乃狂人壮语,情豪辞放;《水调歌头·快哉亭作》,写景抒情则如末句所

「《念奴娇·赤壁怀古》词意图，边舒才作品」

云："一点浩然气，千里快哉风。"

其三，是"不协音律"。正是雄豪旷放的东坡，作词纵横挥洒以任心，只求"意尽而言止"，不计依声协律之工，从而使词体脱离音乐而成为人们自由地言志抒情、写景体物的纯文学形式，使词体获得了彻底解放而成为卓立于文学园地并大放异彩的花朵。

最能体现苏词风格者，莫过于《念奴娇·赤壁怀古》：

大江东去，浪淘尽、千古风流人物。故垒西边，人道是、三国周郎赤壁。乱石崩云，惊涛裂岸，卷起千堆雪。江山如画，一时多少豪杰！

遥想公瑾当年，小乔初嫁了，雄姿英发。羽扇纶巾，谈笑间、樯橹灰飞烟灭。故国神游，多情应笑我，早生华发。人间如梦，一尊还酹江月。

此词气势之磅礴、意象之奇伟、境界之深闳、感情之奔放、格调之雄浑，实乃旷古未有，人称千秋绝唱，较为典型地反映了苏词的特色和成就，一问世便产生了巨大影响。

苏轼为人志高胸旷、真率坦直、博学多才，为诗为词也师心而适己、"天工与清新"、"冲口出常言，法度出前轨"，其人卓立而其诗词卓越。苏轼卓立于世，宋诗宋词也以成熟的形态、自有的面目、鲜明的体性卓立于中国文学史上。苏轼的诗词创作，"指出向上

「《水调歌头·丙辰中秋》词意图，余险峰作品」

一路,新天下耳目,弄笔者始知自振"(王灼《碧鸡漫志》)。

东坡门下,才士麇集。所谓"苏门四学士"的黄庭坚、晁补之、秦观、张耒,或再加上陈师道、李廌的"苏门六君子",都深受苏轼影响而各有成就。其中,除晁补之、李廌外,又都是长江流域人。

江西诗派

"江西诗派"是宋人推尊江西人黄庭坚为宗师而形成的诗派,在宋代诗坛影响巨大,对后世诗歌创作也影响深远。

分宁(今江西修水)人黄庭坚(公元1045—1105年),字鲁直,号山谷道人,世称豫章先生,是苏轼门下成就最高、影响最大的诗人。他以诗名受知于苏轼,也与苏轼在仕途上共进退,曾被贬往黔州(今四川彭水)、戎州(今四川宜宾)、太平州(今安徽当涂)等地,在长江流域写了大量诗篇。屡遭贬迁之中,他忧畏于"乌台诗案",厌倦于党争政治,尤慕禅风而以禅门人自居,游艺诗文而以诗歌遣兴。因此,他论诗,偏重于强调诗歌的写作技巧,发挥苏轼的"以俗为雅,以故为新"和"自成一家"之说,主张"诗词高胜,要从学问中来",提倡"以腐朽为神奇",并据禅学的"参活句"法而提出作诗的"夺胎换骨"、"点铁成金"技法。显然,他是在深入总结唐代以来的诗歌创作经验的基础上,自觉地发挥和发展欧阳修、苏轼等人变唐人旧习、立宋诗体性的创作技法,明确地追求迥异唐诗而个性鲜明的宋诗格调。

黄庭坚的诗歌创作,即其诗歌理论的具体实践。尽管黄诗题材不广,多为个人经历和性情之作,但往往能匠心独运、出新见奇。前人评黄诗,称其有三奇——奇思、奇句、奇气。

所谓"奇思",即奇巧的构思,如《赣上食莲有感》、《寺斋

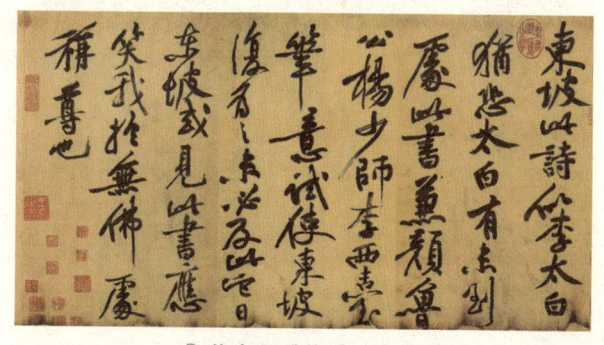

黄庭坚《苏轼〈寒食帖〉跋》墨迹

睡起》二首、《睡鸭》、《题竹石牧牛》诸诗。

所谓"奇句",即奇崛的造语。黄诗创造性地运用了多种技法造语,如"不易其意而造其语,谓之'换骨法';窥入其意而形容之,谓之'夺胎法'";明了其意而反用之,谓之"翻案法"。

所谓"奇气",即奇特的气韵。《清明》《秋思寄子由》《雨中登岳阳楼望君山》诸诗,都充溢着一股勃郁之气,表现了诗人高傲的个性和高洁的人格。笔力劲壮而语句新奇。

"随人作计终后人,自成一家始逼真。"(胡仔《苕溪渔隐丛话》引录黄庭坚诗)自成一家的黄庭坚也因此在宋代诗坛上获得了与苏轼并称"苏黄"的地位。黄庭坚的诗论和创作,不仅师承苏轼而振扬宋诗风气,而且为合于宋诗体性的诗歌阐明了理论和建立了法度,因而深契北宋后期畏避政治险恶而潜心游艺诗文的文人之心,也对后辈学人进行诗歌创作具有指导意义和典范作用。文人学士纷纷宗师黄庭坚,以致形成"江西诗派"。不过,宗师黄庭坚的"江西诗派",在创作上流于偏重技法、刻意雕琢而失其性情表现、文理自然,凸显了宋诗之弊,故后世宗唐贬宋者乃将宋诗流弊归罪于"苏黄"、尤其是黄庭坚。

徐州人陈师道(公元1053—1102年),曾得到苏轼荐举并与之唱和,却尤为崇敬黄庭坚而师法之。他一生困厄,诗歌创作题材也较狭窄,多抒写自己的困顿生活及人生感慨,但创作态度十分严肃,勤苦锻炼、苦思长吟较黄庭坚有过之而无不及。他在诗歌创作上虽以黄诗为模则,讲究法度规矩,却并不追新逐奇,贯

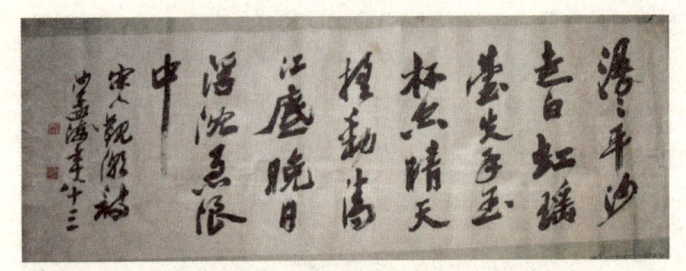

「陈师道《十七日观潮》,沙孟海书」

彻了他在《后山诗话》中提出的"宁拙毋巧,宁朴毋华,宁粗毋弱,宁僻毋俗"主张,因而形成了"简朴僻拙"的风格。由于陈师道大力标举黄庭坚,也更加扩大了黄庭坚的诗论和诗艺的影响,乃至于"其后法席盛行,海内称为江西宗派"。又由于陈师道"诗师豫章"而不失自我,诗论诗艺能自成一家,故在宋代诗坛享有与黄庭坚并称的地位。

两　宋

"黄陈"以下，一批后学同作并和，遂成声势浩大而主导宋诗发展达200余年的江西诗派。"江西宗派诗者，诗江西也，人非皆江西也"（杨万里《江西宗派诗序》），却又以江西以及长江流域人居多。不过，这些"原流皆出豫章"的黄氏后学，一味模仿"黄陈"，在诗歌创作上的成就和影响已远不及"黄陈"了。

降至两宋之际，"江西诗派"中涌现出吕本中、曾几、陈与义三位重要人物。他们亲历社会巨变，身经流离之苦，感于时世而赋诗言志，袭江西诗风而知江西诗弊，故在诗歌创作上，既于内容上有反映现实、抒发真情的扩充，又于形式上有纠偏除弊、不拘一格的创新，因而形成了与"黄陈"合而不同的诗风，直接影响了南宋诗歌的发展。

寿州（今安徽寿县）人吕本中（公元1084—1145年），少时刻苦学习黄庭坚诗，南渡后悔少作而倡创新，提出"学诗当识活法"。他的后期诗歌，不仅有表达时代最强音的爱国诗篇，如《怀京师》《城中纪事》等；也有较多"变化不测而亦不背于规矩"、"流动而不滞"的佳作，如《柳州开元寺夏雨》、《春日即事》二首、《连州阳山归路》等。

赣州人曾几（公元1084—1166年）自云："工部（杜甫）百世祖，涪翁（黄庭坚）一灯传。"他的诗作，乃追求"流转圆美"。《三衢道中》《苏秀道中……》《寓居吴兴》《题访戴图》等，都是音韵流转圆美而风格清新活泼的佳作。

陈与义（公元1090—1139年）本洛阳人，早期崇敬黄、陈，模则其诗。南渡后却不再仅抒个人怀抱、好咏身边景物，而是"慷慨赋诗还自恨，徘徊舒啸却生哀"（《雨中再赋海上楼》），大唱爱国之歌。后期诗作，也"以简法扫繁缛，以雄浑代尖巧"、陈与义诗除了形成迥异于"黄陈"的沉郁雄

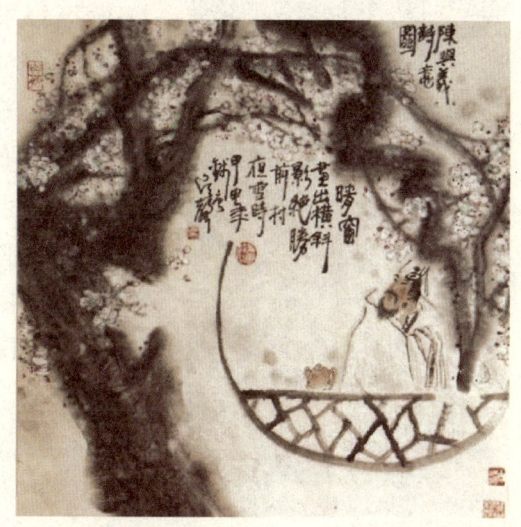

「陈与义诗意图」

浑风格之外,还因题材和内容的不同而有着多样化的艺术表现和风格体现。陈与义因发展江西派诗艺、变革江西派诗风而受人推重,被后人尊为与"黄陈"同列的"三宗"之一。

陆范杨文

金人入主中原,宋人退守南土。南方的长江中下游,至南宋而巩固地形成为中国经济文化的重心。南宋的文化名人,即其时的中国文化名人。南宋的诗词创作,即体现了其时的中国诗词创作成就。

中原沦陷,山河破碎,文人感慨时势,悲怆国难,赋诗填词也多抒发故国幽思、反映民族苦难、抨击苟安权贵、表达"气吞胡虏"的壮志和统一九州的理想。爱国咏唱便成为南宋诗词的主旋律。

南宋诗坛上尤其受到史家称扬者,有所谓"中兴四大诗人"——尤袤、范成大、杨万里和陆游。其中,又以"亘古男儿一放翁"(梁启超《读陆放翁集》)的陆游为南宋诗坛宗匠。

自称是"凤歌笑孔丘"的楚人接舆(陆通)之后、自号为"不拘礼法"之"放翁"的陆游(公元1125—1210年),祖居山阴(今浙江绍兴),"少小遇丧乱,妄意忧元元"(《感兴》),读书学剑为报国,游宦于长江上下游诸地,因一贯坚持抗金而数遭罢免。晚年退居故里,他"身杂老农间",却衰病"尚思为国戍轮台",临终"但悲不见九州同"。他那"位卑未敢忘忧国"的深情,"执戈王前驱"的壮志,以及因抱负不得施展、又受苟且偷安的朝臣诬陷排斥而产生的悲怨,与屈原息息相通。因此,他的诗歌创作,也像屈原那样"兹历情以陈辞",还明言自己是由屈原、贾谊的诗文而领悟到"诗家三昧"的:"诗家三昧忽见前,屈贾在眼元历历。"(《九月一日夜读诗稿有感走笔作歌》)

「陆游石刻像」

陆游少好读诗也尤擅作诗,一生诗作极丰。他作诗初私淑吕本中,又师事曾几,从学习江西诗派入门,中年始窥其宏大。为爱国激情和现实生活所促发,他感怀前贤,认识到"工夫在诗外",于是跳出江西诗派藩篱,继承屈原"发愤以抒情"的创作精神,以诗歌书愤述怀、咏物纪事、批判现实、表达理想……感思既多,创作也盛。

诸体皆备的陆诗,大多是陆游那爱国情怀的充分抒发和个性、气质、才情的充分表现,尽管风格不一,总体上则是以爱国精神为基调,以屈原、李白一脉相传的浪漫主义风格为主导。《哀郢》、《关山月》、《登赏心亭》、《感愤》、《书愤》、《枕上偶成》、

《示儿》诗意图,王群作品

《秋夜将晓出篱门迎凉有感》二首、《十一月四日风雨大作》二首、《示儿》等,都是历代传诵的这类陆诗名篇。陆游在诗中充分抒写了他对祖国的热爱、对人民的关切、对理想的追求、对腐朽无能而苟且偷安的统治集团的失望、对不恤国难而贪婪营私的执政官僚的愤慨、对世事艰难而壮志难酬的悲怨、对收复中原而统一九州的梦幻,陆游的诗歌也感情激昂强烈、个性鲜明突出、想象丰富奇伟、描写壮阔宏丽、文辞恣纵奔放。因此,人称陆游为"小李白",称陆诗是"尽拾灵均怨句新"。

陆游热爱祖国,也热情歌咏祖国的山水田园风光。淳熙五年(公元1178年),陆游在出蜀东归途中,船泊夷陵(今湖北宜昌)而后初发,情动于中而形于外,冲口吟成七律《初发夷陵》:

雷动江边鼓吹雄,百滩过尽失途穷。
山平水远苍茫外,地辟天开指顾中。
俊鹘横飞遥掠岸,大鱼腾出欲凌空。
今朝喜处君知否?三丈黄旗舞便风。

诗写长江出三峡后豁然开阔的雄奇壮丽景象及东归的喜悦心情,可谓想象出人意外,表现大气磅礴,笔力劲拔豪纵,摹绘分明生动,诗情画意

充溢于句中语间,诵之令人耳目一新、心神迁动,确有李白诗的风韵。

退居故园后的陆游,虽然心忧天下,不忘国事,却也因时过境变,多咏林泉风光、田园生活。《游山西村》《初夏行平水道中》《幽居初夏》《东村》《西村》《柳桥晚眺》《暮秋》《农舍》诸诗,即此类诗作名篇。"我诗慕渊明,恨不造其微。"(《读陶诗》)陆游的这类诗作有意效法陶诗,亦似陶诗"明白如话"、"言简意深",但终因陆、陶两人的生活时代和个性气质不同,陆诗不及陶诗自然冲淡,往往掩抑不住"放翁"那愤激之气。

"以气为主"而能造诗家"三昧"的陆诗,的确是汲取了江西诗派之长又摈弃其弊,因而成就卓越。诸体皆工的陆诗,又以七律最工。清人论七律,于宋代只推陆游一人。

"六十年间万首诗"的放翁,作诗有感即发,冲口辄成,又"不暇剪除荡涤",故其诗多有"心思服出重见"之处。不过,这并不影响陆游的历史地位。陆游因唱出了时代最强音而名世,因继承屈原精神和发扬屈骚传统而不朽。在宋代诗坛上,陆游是与王安石、苏轼、黄庭坚并列的"四大诗人"之一。在中国历史上,陆游是继屈原、杜甫之后的伟大爱国诗人。

放翁既工于诗,又长于词。他虽将一生精力倾注于作诗而未专力作词,所存百余篇陆词却成就斐然。陆词的内容,同陆诗一样以爱国精神为主旨,激昂慷慨、雄健恣肆而有似东坡的"豪放词",如《诉衷情》"当年万里觅封侯"、《谢池春》"壮岁从戎"、《鹧鸪天》"家住苍烟落照间"等。另外,放翁还作有飘逸高妙的闲适词,如《好事近》"湓口放船归"、《鹊桥仙》"一竿风月"等。可是,陆词中影响最大的作品,则是人称"流丽绵密"的婉约词。其代表,即陆游抒写与前妻唐婉被迫离异后无限悲愁的《钗头凤》"红酥手"。此词写得深婉哀怨、缠绵悱恻而荡气回

「绍兴沈园院墙上的《钗头凤》刻石」

肠、催人泪下,不啻古典诗词中表现爱情悲剧的千古绝唱。

陆游作《卜算子·咏梅》以抒怀云:"零落成泥碾作尘,只有香如故。"好梅而以梅自况的放翁,其人其诗也有似梅花:人虽早作古,诗词香如故。

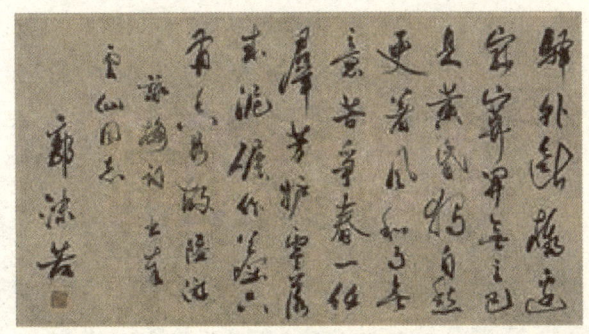

「《卜算子·咏梅》,郭沫若书」

吴郡(今江苏苏州)人范成大(公元 1126—1193 年),历任南宋要职,坚守民族气节,晚年退居故里石湖。他行迹所至,耳目闻见,辄有感而入咏。他的诗歌,因而题材较为广泛。由于亲历国家患难,他关心现实,忧国忧民,仿效白居易、张籍、王建等唐代新乐府运动诗人,写了不少反映农民苦难生活的作品,《缫丝行》《田家留客行》《催租行》等即其代表;又常在作品中表达自我的爱国思想和百姓的民族感情,写有许多悲怆深沉的爱国诗歌。他曾昂然使金,在金主面前大义凛然、慷慨陈词,终得"全节而归",并于使金途中作有纪行诗 72 首。这 72 首绝句,真实地描述了金人统治区"狐冢獾蹊满路隅"的荒凉景象,反映了沦陷区人民"大书黥面罚犹轻"的悲惨生活,表达了中原父老"忍泪失声询使者,几时真有六军来"的心声,抒发了诗人对宋朝腐败而致"神州陆地沉"的愤慨,可谓范成大爱国诗歌的代表作。退居石湖后,他主要抒写田园杂兴和山水逸情。因人闲而心专,练久而艺精,这类诗作最能体现范诗造诣。

号"诚斋"的吉水人杨万里(公元 1127—1206 年),也同陆、范一样是忧时愤世的爱国文人。可是,他的诗歌创作,却并不重在反映社会现实和抒发爱国情志,而是重在表达自己独到的审美感受。因此,他的反映现实和抒发爱国情志的诗作不及陆、范多。他的诗作,多表现以审美态度观照自然所体悟到的情趣。在诗歌创作上,他"始学江西诸君子,既又学后山(陈师道)五字律,既又学半山老人(王安石)七字绝句,晚乃学绝句于唐人"(杨万里《荆溪集序》),最后"尽弃诸家之体而别出机杼",作《跋徐恭仲省干近诗》述志,明确表示自己不甘囿于黄庭坚、陈师道篱下，而追踵并求超越陶渊明和谢灵运、谢朓：

　　　　　传派传宗我替羞，作家各自一风流。
　　　　　黄陈篱下休安脚，陶谢行前更出头。

「杨万里《小池》，崔梦钧书」

"别出机杼"的杨诗，"不听陈言只听天"，致力于"透脱"地表现诗人投合于自然、移情于自然而产生的诗情画意，因而极富个性化、审美化，显得想象丰富新奇、表现幽默风趣、语言自然生动，形成为独具一格的"诚斋体"。脍炙人口、妇孺传诵的《小池》《晓出净慈寺送林子方》，即其代表作。兹录《过百家渡四绝句》中的两首：

　　出得城来事事幽，涉湘半济值渔舟。
　　也知渔父趁鱼急，翻着春衫不裹头。

　　园花落尽路花开，白白红红各自媒。
　　莫问早行奇绝处，四方八面野香来。

诗写诗人过永州城西百家渡所见景色，却不泛泛描绘，而是抓住景物最富诗意的细部，作特写式的"透脱"表现，别出心裁而意趣盎然。独具面目的"诚斋体"，在当时就有"四海诚斋独霸诗"之誉，引得与之齐名的范成大及许多文士竞相仿效，从而改变了"江西体"统治诗坛的局面。

「杨万里《晓出净慈师送林子方》诗意图，潘天寿作品」

无锡人尤袤（公元1127—1194年）虽然在南宋诗坛享有盛名，但作品大多散佚。他的孑遗之作，乃如钱钟书《宋诗选注》所言："实在赶不上杨、陆、范的作品。"

南宋末年，元军长驱直下。"山河破碎风飘絮，身世浮沉雨打萍。"

两宋

（文天祥《过零丁洋》）民族志士奋起抗元，爱国文人慷慨高歌。民族英雄文天祥的千古绝唱，堪称其时爱国诗歌的代表。

文天祥（公元1236—1283年），庐陵（今江西吉安）人，历官江西安抚使、右丞相兼枢密使，后拥立端宗，图谋恢复，转战东南，兵败被俘，解往燕京囚禁四年，终以不屈遇害。他仰慕屈原，明确表示"我欲从灵均"，亦因而有"人生自古谁无死，留取丹心照汗青"的豪言和"当其贯日月，生死安足论"的壮举。他的诗作，即性情之发抒、心灵之显露又平易晓畅、明白如话，没有刻意雕饰之迹，也不故作激昂之态，诚然是赤忱之人的本色之诗，如《纪事》《常州》《建康》《彭城行》《南安军》《真州驿》《正气歌》《过零丁洋》等，无不如此。

「《过零丁洋》诗意图」

《金陵驿》二首之一，具有代表性地体现出文诗的特色和成就：

　　草合离宫转夕晖，孤云飘泊复何依？
　　山河风景元无异，城郭人民半已非。
　　满地芦花和我老，旧家燕子伴谁飞？
　　从今别却江南路，化作啼鹃带血归。

此诗作于文天祥被俘后押赴元都、途经金陵（今南京）时。诗歌悲怆雄壮、沉郁顿挫又激昂慷慨、气贯长虹，采用情景相生、比兴象征、用典反衬等手法，反复曲折而淋漓尽致地表达出诗人那沧桑之感、亡国之痛及拳拳爱国之心、忠贞报国之志，读来令人震撼不已、肃然起敬。

文诗尽管主要是胸中激情的直接抒写和个人经历的直接记录，却真实地反映了南宋灭亡的惨痛历史，高昂地唱出了文天祥时代的最强音，较之屈原、杜甫的爱国诗歌则显得悲而更壮、哀而不伤，具有独特的艺术风格。

苏辛词派

苏辛词派,指宋代继轨东坡豪放词风、由辛弃疾发扬光大而成其代表的一派词人。

东坡的豪放词风,首先为其门下学士黄庭坚、晁补之继轨。

黄庭坚以余事填词,不似作诗那样苦心经营。可是,黄词能袭得苏词风格。名篇《念奴娇》"断虹霁雨",或以为"可继东坡'赤壁之歌'"。黄词往往在不谐音律、以诗为词、杂以俚语俗辞的随意挥洒之中,抒发了胸中的桀傲不羁之气,表现了自我倔强旷放的个性,受到世人称誉,在当时颇负盛名。

晁补之(公元1053—1110年)的词学苏轼词,入豪放一派,又显得颇为沉郁,正所谓"无子瞻之高华,而沉咽则过之"(冯煦《宋六十一家词·例言》)。晁词对宋代豪放词的发展,有着承上启下的作用。代表作《摸鱼儿·东皋寓居》,被认为是辛弃疾名篇《摸鱼儿》"更能消几番风雨"所本。

南宋初年,亲历靖康(公元1126—1127年)之难、目睹山河破碎的爱国文士,纷纷慷慨高歌,激昂悲壮的爱国诗词成为其时诗词创作的主潮,其时的词作也大力弘扬了东坡词那样浩然抒怀的豪放风格。

抗金英雄岳飞(公元1103—1142年),"仰天长啸,壮怀激烈",于戎马倥偬之中,赋诗填词以抒发情怀。一曲气壮山河的《满江红》"怒发冲冠",充分地表达了作者"待从头收拾旧山河"的坚定意志和必胜信念,洋溢着高昂的爱国主义激情,集中体现了时代精神,成为当时爱国主义诗词中音调最高亢、声情最壮烈的代表作,千余年来已成为激励和鼓舞中国人民保家卫国的战歌。岳飞镇守武昌时作的《满江红·登黄鹤楼有感》,也是脍炙人口的爱国诗词名篇:

「杭州岳王庙中岳飞塑像」

两 宋

遥望中原，荒烟外、许多城郭。想当年、花遮柳护，凤楼龙阁。万岁山前珠翠绕，蓬壶殿里笙歌作。到而今、铁骑满郊畿，风尘恶。

兵安在？膏锋锷。民安在？填沟壑。叹江山如故，千村寥落。何日请缨提锐旅，一鞭直渡清河洛！却归来、再续汉阳游，骑黄鹤。

词作展露了岳飞忧国忧民的博大胸襟，抒发了岳飞光复中原的豪情壮志。吟诵其词，岳飞那"精忠报国"的英雄形象，犹似屹立在读者眼前，威风凛凛而生气勃勃。

「《满江红·怒发冲冠》」

著名词人张元干（公元1090—1170年），在北宋末年醉心于创作堪与秦观词和周邦彦词相媲美的婉约词，词作清丽婉转而颇有特色。南渡后，他"梦绕神州路，怅秋风连营画角，故宫离黍"，乃以词抒发心中"愁生故国，气吞骄虏"之情，词风也变为悲壮豪放。《石州慢·巳酉秋呈吴兴舟中作》《贺新郎·寄李伯纪丞相》《贺新郎·送胡邦衡谪新州》《水调歌头·追和》等，是其代表作。

类同张元干而自觉转变词风者，还有叶梦得和朱敦儒。

吴县（今为苏州市城区）人叶梦得（公元1077—1148年），南渡后的词作承袭东坡词风，变为简淡豪放，如《水调歌头》"霜降碧天静"、《水调歌头》"秋色渐将晚"、《八声甘州·寿阳楼八公山作》等。

素工诗词的朱敦儒（公元1081—1159年），赋诗填词本"婉丽清畅"，经靖康流离，即于诗词中慨叹国家兴亡，悲愤"妖氛未扫"，因而有《水龙吟》"放船千里凌波去"、《临江仙》"直自凤凰城破后"、《鹧鸪天》"唱得梨园绝代声"、《相见欢》"金陵城上西楼"这类沉郁又豪放的词作。

稍晚的乌江（今属安徽和县）人张孝祥（公元1132—1170年），更

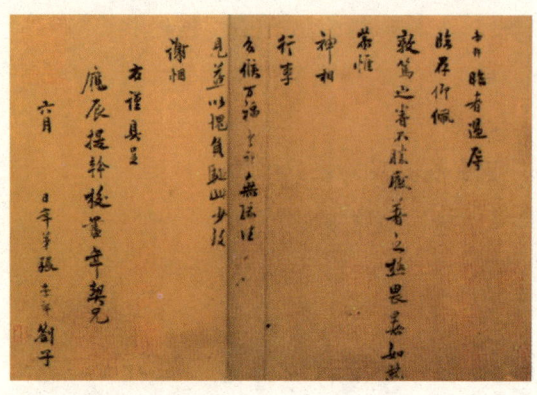

「张孝祥《临存帖》墨迹」

是"寓诗人句法,继轨东坡",倾力创作抒发爱国激情的豪放词。其词感情强烈,气魄豪迈,音声悲壮,文辞奔放,"气概亦几近之(东坡)"。名篇《六州歌头》"长淮望断",写得"淋漓痛快,笔饱墨酣,读之令人起舞"。又如被人称为在张孝祥词中"最为杰特"的《念奴娇·过洞庭》:

洞庭青草,近中秋、更无一点风色。玉鉴琼田三万顷,著我扁舟一叶。素月分辉,明河共影,表里俱澄澈。悠然心会,妙处难与君说。

应念岭表经年,孤光自照,肝胆皆冰雪。短发萧骚襟袖冷,稳泛沧浪空阔。尽挹西江,细斟北斗,万象为宾客。扣舷独啸,不知今夕何夕?

此词神思渺邈,表现雄奇,情景交融,境界瑰丽,充分抒发了词人豪宕旷逸的情怀,在构思和笔法上都明显"继轨东坡",却又于词情笔意不失自我而有自出机杼之处,故堪与苏轼的中秋词相媲美。

张孝祥以大量风格豪壮、成就杰特的爱国词作,呼应张元干而激扬了当时上承苏轼的豪放词风,开启了以词豪辛弃疾为代表的南宋爱国词派。

南宋词作最丰、成就最高、影响最大的词人,是北来南归的辛弃疾。

辛弃疾(公元1140—1207年),"壮岁旌旗拥万夫,锦襜突骑渡江初",曾是聚众起义、生擒叛徒、名震大江南北的抗金英雄。投奔南宋后,他辗转于湖北、湖南、江西等地出任大大小小的地方官,虽然刚直自信,慨言恢复大计,勇为安邦定国功业,却终究是空怀英雄报国壮志、贤士经世良才,不仅未受朝廷重用,反遭苟安的权臣疑忌排斥,无可奈何而只能"却将万字平戎策,换得东家种树书"。自42岁被罢官,他基本上就隐居在江西上饶的带湖和江西铅山的瓢泉,力田勤耕,自号"稼轩"。南归40余年间,他将"了却君王天下事,赢得生前身后名"的理想,将无处发泄的一腔忠愤、满腹郁愁,寄于词作,并且为了一抒胸中块垒和打发闲散时光,在词的创作上倾注了全部的才情。

辛词非为雕章琢句的赏玩之作,而是"随处辄发"的"不平之鸣",故出于本色、发自性情,是爱国志士的激昂壮歌,是沉沦英雄的慷慨悲歌,是闲居豪杰的沉郁怨歌,因而题材广泛、内容丰富、表现各异、风格多样,但其主要内容是抒发忠贞爱国的激情和报国无路的郁愤,其主导风格是雄豪悲壮。

"夷甫诸人,神州沉陆,几曾回首!算平戎万里,功名本是,真儒事,公知否?"(《水龙吟·甲辰岁寿韩南涧尚书》)辛弃疾放眼神州沉陆,渴求平戎万里,期盼"待他年,整顿乾坤事了",在

「《破阵子·为陈同甫赋壮词以寄之》词意图」

词中反复地直抒其激烈壮怀,甚至已是65岁高龄,依然豪迈地高歌:"凭谁问,廉颇老矣,尚能饭否?"(《永遇乐·京口北固亭怀古》)然而,尽管他"想当年,金戈铁马,气吞万里如虎",现实却是"佛狸祠下,一片神鸦社鼓",自己毕竟"可怜白发生",只落得"追往事,叹今吾"。于是,他在词作中尽情抒发壮志难酬的悲慨、英雄困厄的愤懑。大量的辛词,都是这类作品。《水龙吟·登建康赏心亭》,即其代表作之一:

  楚天千里清秋,水随天去秋无际。遥岑远目,献愁供恨,玉簪螺髻。落日楼头,断鸿声里,江南游子。把吴钩看了,阑干拍遍,无人会,登临意。

  休说鲈鱼堪脍,尽西风,季鹰归未?求田问舍,怕应羞见,刘郎才气。可惜流年,忧愁风雨,树犹如此!倩何人唤取,红巾翠袖,揾英雄泪!

清秋的楚天、无际的江水、远方的岑岭、楼头的落日、孤独的飞鸿……这一切在词人笔下都染上了浓重的感伤色彩。自然景物哪知"献愁供恨"?分明是沦为江南游子的词人"而今识尽愁滋味"后的情绪外泄。国事艰危却又救国无路,心系神州却又孤苦无诉,落拓英雄哪能不长泪涕

「《清平乐·村居》词意图」

泗呢？词人即景抒情、借史托情，反复曲折而淋漓尽致地宣泄出胸中的勃郁之气、悲愤之情。

在长达近20年的退隐生活中，闲居的辛弃疾也欲寄情于山水田园，并作了不少流连光景、陶醉自然的山水田园词，如《清平乐·村居》《西江月·夜行黄沙道中》等。可是，他终究是心忧天下、壮心不已，即使描写山水田园风光，也往往情不自禁地书忧述愁。《沁园春》"叠嶂西驰"，描写上饶灵山的雄奇景观。其中"天教多事，检校长身十万松。吾庐小，在龙蛇影外，风雨声中"数句，即表达出对国事艰危的忧患和报国无门的愁绪。

辛词上承"庄骚"艺术传统，近袭东坡豪放词风，熔古师心，自铸伟词。时时"手把《离骚》读遍，自扫落英餐罢"（《水调歌头·赋松菊堂》）的辛弃疾，通屈原情志而法屈骚艺术，在创作中借鉴屈骚的比兴寄托手法，发扬屈骚的"香草美人"传统，仿效屈骚的表现方式，化用屈骚的艺术形式，以致辛词颇具屈骚遗意和韵味。被迫退隐后的辛弃疾，愤世嫉俗而意倾庄周之超然，也极爱《庄子》之文。辛词因适己缘情的需要，不仅以诗为词，而且以文为词，具有庄文之风。辛词踵循苏词步武，进一步扩大了词的表现领域，丰富了词的表现题材，糅合了诗、文、赋的表现方式，因慷慨激昂、淋漓尽致地抒情写性而大力弘扬了豪放词风，又因描绘生动形象、用事自然贴切地寓意

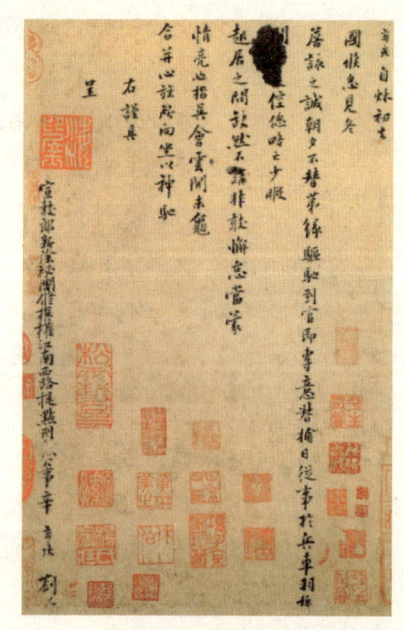

「辛弃疾《去国帖》墨迹」

两 宋

造境而充分显示出词的审美价值。

晚清词学家周济在《介存斋论词杂著》中指出:"世以苏、辛并称。苏之自在处,辛偶能到;辛之当行处,苏必不能到。"苏东坡、辛弃疾皆为发于性情、本色当行的词作,其性豪情激而其词焉得不放?不过,两人的生活时代、个人经历、情趣学养毕竟有所不同,故词风也是同中有异,即苏词豪放而雄健清旷,辛词豪放而雄深悲壮。在词史上,苏、辛一脉。但辛词不仅在思想内容上比苏词更为深广、所强烈表达的思想感情因与国家的苦难和民族的悲伤直接相连而更具社会意义,而且更加自由地用事用典并自如地运用书面语言和民间口语以抒情达意,以至于前人有"东坡为词诗,稼轩为词论"之类的说法,也因此更彻底地破除了束缚词体的藩篱,发展了苏轼开创的豪放词风。

辛弃疾与陆游,是志同道合、气投声应的好友。辛词与陆诗,都以爱国精神为基调、以浪漫精神为主导,在感情抒发、想象发挥、艺术描写、个性表现、文辞运用方面也有共同之处。陆诗与辛词,在南宋诗界词坛共唱时代最强音,具有代表性地显示出南宋长江文化在文学创作方面的特色和成就。

辛词"沉着痛快,有辙可循,南宋诸公,无不传其衣钵"。受辛词影响而"传其衣钵"的"南宋诸公",也就形成了南宋词坛上声势浩大的"辛派"。

南宋的"辛派"词人,可考的就有约 50 余家。他们皆抒爱国情,作豪放词。其中,以陈亮、刘过、刘克庄、刘辰翁较为著名。

永康人陈亮(公元 1043—1194 年),字同甫,是南宋著名的思想家兼文学家。他自幼关心国事,终生为抗战伐金、富国兴邦疾呼奔走、献策划谋,虽屡经挫折却无惧无悔。他的词作,"狂瞽辄发","心胆尽露",慷慨豪纵,酣畅淋漓。《水调歌头·送章德茂大卿使虏》开篇云:"不见南师久,漫说北群

「镇江北固山多景楼」

空。当场只手,毕竟还我万夫雄。"这出语不凡的开篇之辞,即充溢着磅礴大气,抒发出万丈豪情。又如《念奴娇·登多景楼》:

> 危楼还望,叹此意、今古几人曾会?鬼设神施,浑认作、天限南疆北界。一水横陈,连岗三面,做出争雄势。六朝何事,只成门户私计?
>
> 因笑王谢诸人,登高怀远,也学英雄涕。凭却江山,管不到、河洛腥膻无际。正好长驱,不须反顾,寻取中流誓。小儿破贼,势成宁问疆场。

南宋爱国的诗人词客之作,尤其是登临之作,难免睹物伤怀、抚时生忧而抒发愁绪,辛词亦如此,陈亮词却"豪气纵横,稼轩几为所挫"(陈廷焯《白雨斋词话》)。不过,陈词虽然豪纵不亚于辛词,艺术造诣却逊于辛词。

吉州太和(今泰和)人刘过(公元1154—1206年),字改之。少有志节,以功业自许。晚年与辛弃疾交厚,词作深受其影响。他的代表作有《六州歌头·题岳鄂王庙》、《沁园春·寄辛稼轩》、《沁园春》"斗酒彘肩"、《唐多令》"芦叶满汀洲"等,虽然不及辛词沉著蕴藉,也足以自成一家。

官至南宋龙图阁学士的刘克庄(公元1187—1269年),能诗擅词。诗承杨万里,入"江湖派"。词效辛弃疾,多英雄语。代表作如《贺新郎·送陈仓部知真州》、《满江红》"金戈琱甲"、《沁园春·梦孚若》、《玉楼春·戏林推》、《沁园春·答九华叶贤良》等。由于南宋后期的时势已非同南宋前期,出身世家的刘克庄诚有辛弃疾的胸次,刘词的气势和骨力终不及辛词,且因发展辛词的散文化、议论化特点而有"直致近俗"的弊病。

庐陵(今吉安)人刘辰翁(公元1232—1297年),于宋末尽忠良、尚风节,宋亡后隐居不仕。他作词作追步辛词,多真率语,不假雕琢。大量作于宋亡之后的刘词,因词人经家邦沦变,感复国无望,已

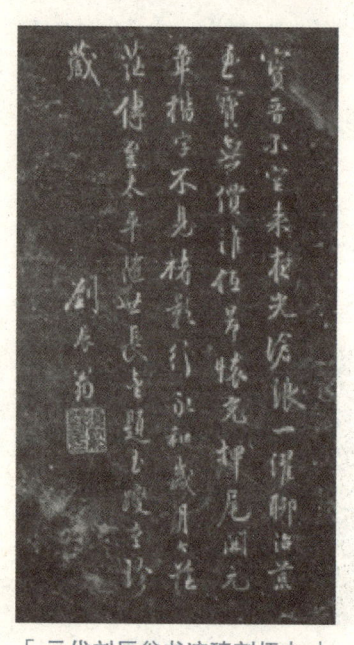

「元代刘辰翁书迹碑刻拓本」

少有不可一世的豪语壮辞,抒发的多是深沉痛苦的故国之思、遗民之哀,如名篇《兰陵王·丙子送春》、《宝鼎现》"红妆春骑"、《沁园春·送春》等,写得凄恻伤感、怨极哀绝,可谓语语悲切、字字呜咽。他的这类词作,情辞跌宕,兴寄深远,意境幽丽,在宋末元初词坛上无与伦比。

婉约词风

词是抒情之体,本以婉约为宗。勃兴的晚唐五代词,就属词婉约,缘情绮靡,扇扬起词坛上的婉约词风。上述东坡之前的北宋词坛名家,作词也大都追求委婉含蓄、清丽雅致的艺术表现,婉约词风乃被视为词体正格。

苏门学士之一的高邮人秦观(公元 1049—1100 年),因才华横溢而最得苏轼赏识,亦因被视为"苏党"而贬谪南方。虽然能诗擅词,他的词作成就却远高于诗作成就。秦词远绍温、李,近承欧、柳,善于通过凄迷景色的描绘来抒发哀怨凄婉的离愁,格调虽同柳词,却又往往将仕途蹭蹬的身世之感寓于其中,如名篇《水龙吟》"小楼连苑横空"、《满庭芳》"山抹微云"等,且文辞清丽、音律和谐,尤具深婉含蓄之韵、俊逸精妙之美,也尤显词体本色和长江文化特色。秦词在当时就大受推崇,甚至被认为成就在苏词之上。苏轼虽然委婉批评秦观"学柳七(柳永)作词"而气格纤弱,却十分欣赏秦词造诣。

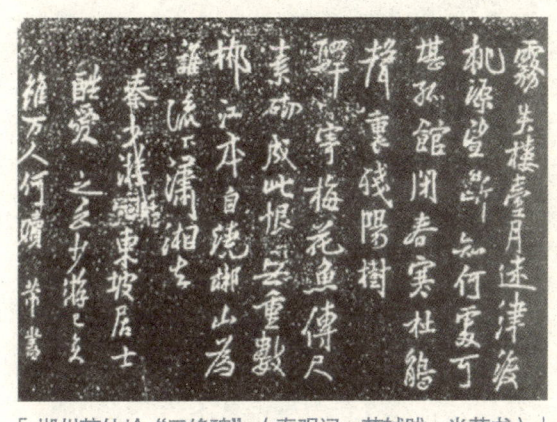

郴州苏仙岭"三绝碑"(秦观词、苏轼跋、米芾书)

秦观贬居郴州时,作有《踏莎行·郴州客舍》:

雾失楼台,月迷津渡,桃源望断无寻处。可堪孤馆闭春寒,杜鹃声里斜阳暮。

驿寄梅花,鱼传尺素,砌成此恨无重数。郴江幸自绕郴山,为谁流下潇湘去。

此词是秦观晚期的代表作，抒写身世悲慨，堪称凄婉之至。相传苏轼"绝爱"词末两句，并自书于扇。这两句之所以为苏轼激赏，也在于其构造的意象充分反映了秦观孤寂悲伤的心境。

近现代词家夏敬观称："少游（秦观字）词清丽婉约，辞情相称，诵之回肠荡气，自是词中上品。比之山谷（黄庭坚），诗不及远甚，词则过之。盖山谷是东坡一派，少游则纯乎词人之词也。"（《吷庵手校淮海词跋》）所谓"纯乎词人之词"的秦词，对婉约词的发展有着较大贡献。

与秦观同时的重要词人贺铸（公元1052—1125年），里籍虽在北方，为官却在长江流域多年，自称"越人"，晚年退居苏州，卒于常州。贺词笔健情柔，语工辞丽，既袭有豪放之风，又更得婉约之致。

钱塘（今杭州）人周邦彦（公元1057—1121年），字美成，号清真居士。《宋史·周邦彦传》记载他"好音乐，能自度曲，制乐府长短句，词韵清蔚"。他是继柳永、苏轼、秦观之后的北宋词坛巨手。顺因词的创作主流，他借词体委婉深曲地言情体物。或受重视技巧法度的"江西诗风"感染，也是词的发展规律使然，他致力于词的审美化、艺术化的形式探索和格律实践，从而以巧为铺叙、富艳精工的词作成就，将词的创作技艺发展到一个新的高度，成为北宋婉约词创作技艺的集大成和立法度者，深受醉心于词艺的文人雅士推崇。长调《满庭芳·夏日溧水无想山作》、《瑞龙吟》"章台路"、《兰陵王·柳》诸作，反映了周词的特色和造诣。有似黄庭坚，南宋一批词人师法周邦彦而成了尊周为宗的"清真词派"。

南宋词坛上尽管有辛派词人大振豪放词风，但由于社会和个人的诸多原因，由于词学传统的长期影响，主写婉约词者在南宋依然大有人在。

才华横溢的女文学家李清照（约公元1084—1155年），经历国破家亡之难，承受夫死身孤之痛，又饱尝颠沛流离之苦，晚年才定居杭州。因此，南渡后的她，将极度悲愤、无限辛酸倾注于诗词创作中。真个是"欢愉之辞难工，而穷苦之言易好"。她的后期诗词，在诗意词情、诗风词格上，都明显有异于且远高于她生活于中原时的前期作品。

"将血泪寄山河，去洒东山一抔土！"（《上枢密韩公、工部尚书胡公》）身为巾帼的李清照，爱国之情、报国之心却丝毫不亚于须眉男儿，走笔作诗也慷慨悲壮、豪气纵横。其《夏日绝句》云：

　　生当作人杰，死亦为鬼雄。
　　至今思项羽，不肯过江东。

屈原《九章·国殇》赞美为国捐躯的英雄说："身既死兮神以灵，魂魄毅兮为鬼雄。"楚人项羽在秦末与叔父项梁率江东子弟渡江伐秦，灭亡秦朝后在楚汉战争中兵败垓下，却宁死不肯南渡逃生。李清照伤时而怀古、愤今而思旧，作此诗激昂高亢地歌颂了慷慨赴死、魂魄永存的"鬼雄"和宁为玉碎、不为瓦全的英雄，十分鄙夷地嘲讽了一味南逃、苟且偷安的南宋统治集团。诗歌弘扬了长江文化的爱国主义传统和英雄主义精神，语虽短而气雄，辞虽少却意高，成为历史上传诵广远的名篇。

「李清照塑像与郭沫若题诗」

作为文学素养很高的女性作家，李清照对词独有所钟，不仅喜好词而擅长词，而且对词学有着独到的见解，在宋代首著专文论词。她认为，诗、词体异，词别是一家；诗主言志，词主抒情；词体是以抒情为主、协于音律的独立文学样式，有其特殊的内容和形式上的要求。因此，她反对"以诗为词"、诗词混同，致力于创作境界浑厚高雅、语言清新朴素、音律精工和谐、风格婉约深曲的词，从而成为以词名世并在宋代词坛独树一帜的女词人。她的前期词作，主要抒写生活优裕闲适的少女、少妇情怀。她在南渡后的词作，尽管仍以抒写自我感受、个人情怀为主，但由于她的家事已与国事直接相关、她的个人感受已和民众感受息息相通，其思想感情的广度、深度和强度就远甚于她的前期词作，乃于婉约深曲之中见沉郁悲怆，艺术造诣和艺术感染力也与她的前期词作不可同日而语了。如《永遇乐》"落日熔金"、《孤雁儿》"藤床纸帐朝眠起"、《武陵春》"风住尘香花已尽"等。这些名作，一如既往地多抒愁述怨，却不再是仅抒闲愁、离愁，而是所抒愁怨中集有今昔之感、家国之恨、身世之悲、孤苦之哀，让人诵读之而叹兴亡、伤乱离、悯流人，深受感动。其中，最为动人的词章莫过于这首《声声慢》了：

寻寻觅觅，冷冷清清，凄凄惨惨戚戚。乍暖还寒时候，最难将息。三杯两盏淡酒，怎敌他、晚来风急。雁过也，正伤心，却是旧时相识。

满地黄花堆积。憔悴损，如今有谁堪摘？守着窗儿，独自怎生得黑！梧桐更兼细雨，到黄昏点点滴滴。这次第，怎一个愁字了得！

"起头连叠七字，以一妇人乃能创意出奇如此！"（罗大经《鹤林玉露》卷十二）若不是李清照心中的愁太多、苦太深，又处秋日黄昏、见秋风细雨、识南归旧雁，她何能创意出奇如此！交集的百感、汇成的千言，也就是一句话："怎一个愁字了得！"言传意也，言辞看似出奇却达意自然贴切；景因情也，景物描绘分明而抒情深婉淋漓。此词非无病呻吟的刻意雕饰之作，而是有感而发的本色当行之作，真乃感情强烈、一气贯注、辞采华茂、境界浑成。前人因称："男中李后主，女中李易安（李清照号），极是当行本色。"（沈谦《填词杂说》）李清照词，又较李后主词更能细诉己情、曲尽人意。无怪乎有人甚至于认为："婉约以易安为宗。"（王士祯《花草蒙拾》）实际上，李清照词并非全为婉约之体。仿《离骚》诗意、用《庄子》典故、述理想追求的《渔家傲·记梦》，便是同于苏轼词风的豪放词。李清照的后期词作，又不大同于其前期词作。即如这首《声声慢》，就既有寓情于景的委婉之笔，又有直诉悲愁的恣纵之辞。

本色当行而独树一帜的李清照词，不让北宋须眉而对南宋词的发展影响甚大。

南宋统治者偏安江南一隅、醉心西湖歌舞，加之江南富庶、都市生活丰富，南宋社会便有着对情柔辞丽、律协曲婉的歌词的大量需求。"暖风熏得

「李清照《醉花阴》，张惠臣书」

两 宋

游人醉，直把杭州作汴州。"一些志慨消沉或人生失意的文人，受暖风熏陶，逞才情名世，游艺于诗学词法之中，致力于审美化的歌词创作。这类文人的代表，首推姜夔。

饶州鄱阳人姜夔（公元 1155—1209 年），号白石道人，早岁孤贫，敏慧博学，多才多艺，擅长诗词，精通音乐，还工于书法、专于金石。青少年时代，他即以文名知于世，却在楚吴、江淮间漂泊，以文才依附于人，长年作清客幕僚，奔走于长江中下游，以布衣终老。流徙一生中，他纪游抒感，写景咏物，赠答唱和，创作了大量诗词。

「白石道人小像」

姜夔曾向杨万里请教诗学，推尚杨万里圆活而"风行水上自成文"的诗歌，论诗主张圆活工巧、自然高妙、清雅俊逸。他的诗作如《过垂虹》《钓雪亭》《姑苏怀古》等，都体现出姜诗精巧秀雅、风流蕴藉的特色。

姜诗诚出色，姜词更高妙。姜词有如姜诗，内容并不深广，多抒写身世之感、游历之兴和别离之情，但在艺术上接武周邦彦，炼字琢句而醇厚典雅，讲究格律而音调谐婉，又能独创一格，"以诗法入词"，融晚唐诗风、江西诗风和周邦彦词风为一体，形成婉约兼含清刚、含蓄又显空灵的姜词风格。自创曲的《暗香》和《疏影》，是他"自作新词韵最娇"的得意之作。《暗香》词云：

旧时月色，算几番照我，梅边吹笛？唤起玉人，不管清寒与攀摘。何逊而今渐老，都忘却，春风词笔。但怪得、竹外疏花，香冷入瑶席。

江国，正寂寂。叹寄与路遥，夜雪初积。翠尊易泣，红萼无言耿相忆。长记曾携手处，千树压西湖寒碧。又片片吹尽也，几时见得？

词为咏梅之作，但"不滞留于物"，寄托有身世飘零之怨和恨别伤老之哀，含蓄蕴藉而精深华妙。前人赞叹："词之赋梅，惟姜白石《暗香》《疏影》二曲，前无古人，后无来者，自立新意，真为绝唱。"（张炎《词源》）现存姜词80余首，首首可谓精心覃思的力作。其"词极精妙，不减清真乐府；其间高处，有美成所不能及"（黄昇《中兴以来绝妙词选》）。

南宋后期，许多词人纷纷效法发展了婉约词风的姜词，"宗之者张辑、卢祖皋、吴文英、蒋捷、王沂孙、张炎、周密、陈允平、张翥、杨基，皆具夔之一体"（朱彝尊《词综序》）。其中，"师之于前"的吴文英，得姜词之妙又有所创新，自具面目而成其一家。

生平有似姜夔的江湖游士吴文英，长期为权贵门下的清客幕僚，游踪则以苏、杭为中心，旁及江苏南部、浙江北部诸地。他自幼好吟咏，填词讲究词法，倡导婉约含蓄的词风。吴词存量颇丰，内容却显贫乏，多为伤时怀古、感旧怀人及相与酬唱之作。吴词的主要艺术特色，除宗法周邦彦、姜夔词而得其字雅律协、婉约含蓄之妙外，又能运意深远、用笔幽邃、表现质实绵丽。名作《霜叶飞·重九》、《齐乐天·与冯深居登禹陵》、《莺啼序》"残寒正欺病酒"等，皆可见其特色。

宋、元之际以张炎（约公元1248—1320年）为代表的姜派词人，虽然推尊姜夔，但其词作却有浓重的时代色彩，多抒发历经沧桑巨变后的哀感。张炎"所作往往苍凉激楚，即景抒情，备写其身世盛衰之感，非徒以剪红刻翠为工。至其研究声律，尤得神解，以之接武姜夔，居然后劲。宋、元之间，亦可谓江东独秀矣"（《四库全书总目提要·山中白云词》）。

元 明

　　元代的统治者虽然是北方蒙古族，元代的"南人"虽然被列为最下等，元代的经济文化却承南宋而依然以南方为重心。

　　元代诗坛上，尽管涌现出像萨都剌、马祖常等优秀的少数民族诗人，但堪称"大家"者仍多是长江流域人。元词则基本上是宋词余绪，与宋词相形见绌，而且稍有成就者仍多出自长江流域。元代长江流域诗词的成就虽然不高，但仍有承前启后的作用。

　　元亡明兴，朱元璋奠都南京。曾为六朝古都的南京，首次成为统一之中国的政治和文化中心。明朝的开国君臣，基本上是长江流域人。明朝的"开国文臣"，也基本上是长江文化熏陶出的南方人。明初的诗坛名家，则几乎全部集中在长江下游。

　　明代中晚期诗坛，鲜明地反映了文学观念的激烈冲突和启蒙运动的蓬勃发展。长江流域诗人，受时代精神感召，锐意革新，勇于开创，并且或同声呼应，或异辞激扬，组成争奇斗艳的文学流派，以各自的诗歌理论和创作实绩，为诗文革新运动和文学启蒙运动的兴盛作出了巨大贡献。

　　明末，民族矛盾尖锐。长江流域的爱国志士自觉弘扬爱国传统以抒发强烈的爱国激情，爱国诗词因而又成为文学创作的亮点。

王孙松雪

由宋入元的诗坛名家，全为南方人，如方回、戴表元、赵孟頫等。其中，赵孟頫"以宋王孙入仕，风流儒雅，冠绝一时"（顾嗣立《元诗选·凡例》）。

宋朝皇室子孙赵孟頫（公元1254—1322年），号松雪，湖州人，元初被征入仕，官至翰林学士承旨、荣禄大夫，卒后追封魏国公，是元代著名的文学家兼书画家。作为儒生，他对自家江山的灭亡无可奈何，而且既不能

「赵孟頫自画像石刻」

蹈海殉国难，又不能"丘壑寄怀抱"，只能身仕异朝、含垢忍辱地屈膝求生。在"失节事大"的儒学观念为正统的封建社会里，他的精神压力和内心痛苦是可想而知的。因此，他的一生，乃如他自言："图书时自娱，野性期自保。谁令堕尘网，婉转受缠绕。昔为水上鸥，今如笼中鸟。哀鸣谁复顾，毛羽日摧槁。……愁深无一语，日断南云杳。恸哭悲风来，如何诉穹昊？"（《罪出》）他的诗歌，也往往抒发有不同于一般遗民诗人的故国之思、亡国之痛及追悔莫及的哀愁，如《钱塘怀古》《赵村道中》《和姚子敬秋怀》等。名作《岳鄂王墓》，伤悼抗金英雄岳飞，斥责南宋君臣误国，抒发江山易主的无限悲慨，情真意切，感人至深。明人陶宗仪称："岳王墓诗不下数百篇，其脍炙人口者，莫如赵魏公作"（《辍耕录》）。

赵诗长于写景抒情，许多佳作是诗情画意浑然一体，清词丽句典雅风流，既有东晋南朝诗歌的清新

「赵孟頫《二羊图》」

境界,又有唐诗的兴象神韵。如这首《绝句》:

> 春寒恻恻掩重门,金鸭香残火尚温。
> 燕子不来花又落,一庭风雨自黄昏。

诗写料峭春寒、黄昏风雨、香火残温、燕杳花落,虽未一语及情,但一切景语皆情语,含蓄蕴藉地托出诗人凄苦感受和伤春意绪。

在"江西诗派"影响尤大的宋、元之际,赵孟頫不从流俗,而是能上承东晋南朝的清新诗风,借鉴唐诗的高华表现,师心适己,独创雍容典雅、圆润流丽、韵致幽远的诗歌风格,影响巨大而使元初诗风因之一变,开"雅正"之元诗的先河。顾嗣立在《元诗选》中说:"中统、至元而后,时际承平,尽洗宋、金余习,则松雪为之倡",长江上游的绵州人邓文原、长江下游的鄞县人袁桷等文士"从而合之,而诗学又为之一变"。

虞杨范揭

元代中期的虞集、杨载、范梈、揭傒斯,因其诗作集中地体现了元诗的风格和成就而被称为"元诗四大家"。这"四大家",都是长江文化哺育出的杰出诗人。

祖籍仁寿、侨居崇仁的虞集(公元1272—1348年),以荐授官,官至奎章阁侍书学士,晚年谢病还乡。他为官30多年,却终怀民族情结,期盼归老还乡。他的诗作,也多抒写兴亡之感和身世之慨。名篇《挽文山丞相》,即通过哀挽民族英雄文天祥,深切地表达了诗人追怀前朝却又不得不侍奉异族统治者的痛苦、矛盾和无奈的心情,令人读之泪下。又如《听雨》:

> 屏风围坐鬓毶毶,绛蜡摇光照暮酣。
> 京国多年情尽改,忽听春雨忆江南。

诗人寄生京城,位居高官,尽管是年久情改,但唯一不变的是对江南的回忆、对故国的思念。风声雨声总关情,听雨更忆江南春。诗

「虞集《题胡虔〈汲水蕃部图〉诗》」

人听雨兴感，冲口成章。诗章虽短，却在情景交融、圆熟精巧的艺术表现中展示出满腹乡愁的年迈诗人形象，可让读者入其诗境而体其诗情，从而产生心灵共鸣。

杭州人杨载（公元1271—1323年），年40以布衣召为翰林院编修官，一生仕途并不太得意，于诗文则用力尤勤，诗论诗作皆在当时享有盛名。他的诗论，发挥南宋严羽《沧浪诗话》的美学思想，阐发了以"四大家"为代表的元代诗人宗法汉魏晋唐诗歌、追求儒雅淳正风格的创作主张。他的《即事》《暮春游西湖北山》《宿浚仪公湖亭》《到京师》诸作，诚然是景中含情，兴象自然，温润雅致，和谐婉丽，可达唐人高处。不过，他性豪气盛，赋诗作文有本色显露。所作古体诗如《梅梁歌酬郑集之》《次韵虞彦高游阳明洞》《古剑歌为吴真人作》等，借助丰富的想象一气呵成，写得气势宏大、腾挪变化、雄健奔放、酣畅淋漓。因此，虞集称其"诗如百战健儿"。另外，他还"夜阑每作游仙梦"，作有《宗阳宫望月》这样奇情幻采、空灵飘逸而被后人叹为"绝唱"的名篇。

清江（今江西樟树）人范梈（公元1272—1330年），于诗也倡导"雅道"，标举唐人诗法，却能继承长江文化的"庄骚"艺术精神而发挥唐人之说，认为"诗之气象，犹字画然，长短肥瘦，清浊雅俗，皆在人性中流出"，强调"涵养情性，发于气，形于言，此诗之本源也"（范梈《木天禁语》）。他作诗虽也有意归于"雅道"，并且仿效晋唐诗歌而写有一些清微妙远、新奇雅丽的篇章，如《苍山感秋》《游南台闽粤王庙》等，但毕竟能够发于性情而成"诗之气象"，多有豪宕清遒而类似李白诗的佳作，如著名的《王氏能远楼》《题李白郎官湖》。

富州（今江西丰城）人揭傒斯（公元1274—1344年），少时守贫耕读，文名早著，曾为生计漫游湖湘间，荐举入仕后即誉隆京城学界文坛。在诗歌创作上，他的

「揭傒斯《跋陆柬之文赋》」

元 明

主张与杨、范基本一致。因阅历较为丰富,他诗作的题材也较为广泛,其中有不少反映百姓生活和个人遭际的作品,如《渔父》《秋雁》《大饥行》《别武昌》《过江州》等。这些诗作,陈辞达意却并不那么"托辞温厚"、"雍容不迫"。最能体现他的诗歌成就的,主要是融情入景的五言诗,像《寒夜》《归舟》《寄题冯橡东皋园亭》等。这类诗作,体现了他所谓"写景要雅淡,推人心之至情,写感慨之微意"(《诗宗正法眼藏》)的审美追求。名篇《和欧阳南阳月夜思》其一云:

　　月出照中国,邻家犹未眠。
　　不嫌风露冷,看到树阴圆。

诗歌将孤寂怅惘之情,融入到凄清寒凉的秋夜月景之中,可谓"景丽情深,语简韵长"。前人称揭诗"尤清婉丽密"、"清丽婉转,别饶风韵",读此诗略可知其说不虚。

一生"三任成均而两为祭酒,六入翰林而三拜承旨"(《元史·欧阳玄传》)的浏阳人欧阳玄(公元 1274—1358 年),也是元代中期的著名诗人。他对元诗的发展和特征有着切实的总结,在诗歌创作上也宗法魏、晋、唐而力矫宋、金之弊。他的传世诗作百余首,题材丰富,风格多样,有不少清新自然、典丽雅正之作。

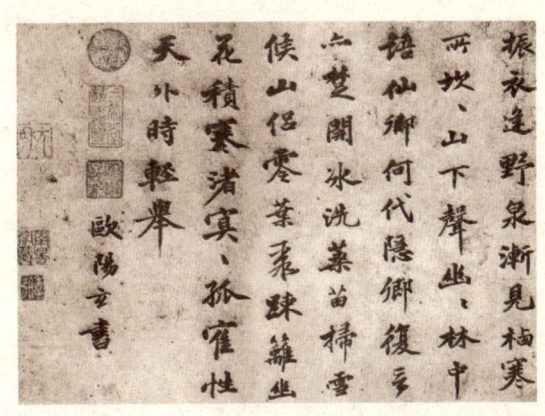
「欧阳玄《振衣诗札》」

铁崖诗体

降至元代晚期多事之秋,诗人们不再为承平之歌、倡治世"雅道",而是各抒性灵、标新立异,以致"奇材益出"、诗风丕变。其中的代表,是独创"铁崖体"的长江下游人杨维桢。

杨维桢(公元 1296—1370 年),字廉夫,号铁崖,诸暨人,曾任江

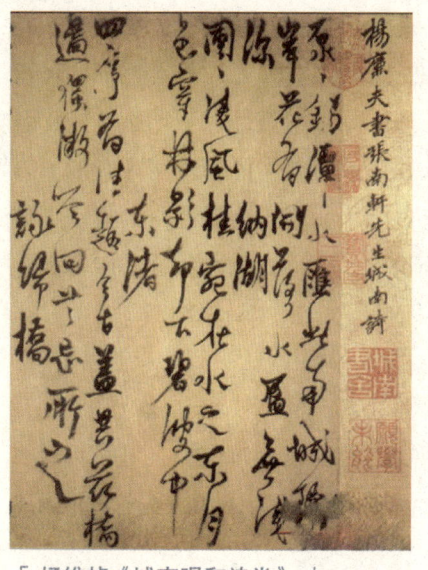

「杨维桢《城南唱和诗卷》」

西儒学提举,元、明之际徙居钱塘(今杭州)、松江(今上海)等地。他论诗反对模拟前人,主张抒写自我情志、表现自我个性。他的诗作背弃元初以来诗人们宗唐求雅的旧途,多采用能够充分又自由地表达思想感情的"古乐府"形式,逞才任情、纵恣不傀地高吟放歌,诗歌也形成想象奇伟、构思奇特、造语奇险、境界奇丽、主观色彩浓重而个性特征凸显的"铁崖体"。《龙王嫁女辞》《皇娲补天谣》《奔月厄歌》《修月匠歌》诸诗,即"铁崖体"代表作。

《庐山瀑布谣》一诗,较为典型地表现了"铁崖体"风格:

银河忽如瓠子决,泻诸五老之峰前。
我疑天仙织素练,素练脱轴垂青天。
便欲手把并州剪,剪取一幅玻璃烟。
相逢云石子,有似捉月仙。
酒喉无耐夜渴甚,骑鲸吸海枯桑田。
居然化作十万丈,玉虹倒挂清冷渊。

诗歌的艺术想象之丰富奇伟、艺术表现之恢诡谲怪,可谓出于"诗仙"李白、"诗鬼"李贺之间而能合"二李"之诗美。杨维桢又以"才情缥缈"的七绝独步一时,所作《西湖竹枝歌》,清新俊逸,婉转流丽,为时人推尚,争相和之。

元代中期诗人一味宗唐求雅,难免丧失自我,以致诗艺圆熟而个性缺乏,诗章工巧而新意不足。杨维桢发扬写性抒情、露才扬己、革旧鼎新的长江诗歌传统,"以横绝一世之

「王冕《墨梅图》」

元　明

才，乘其弊而力矫之，根柢于青莲（李白）、昌谷（李贺），纵横排奡，自辟町畦……故文采照映一时"（《四库全书总目提要·铁崖古乐府》）。时人尊铁崖而宗杨诗，不仅形成了在元代后期诗坛声势颇大的"铁崖诗派"，而且诸生在其影响下纷纷自逞才情，追新逐奇，致使元诗风格大变。

元末的无锡人倪瓒、诸暨人王冕，既是画坛大家，又是诗坛名人。两人都能自写性情、自出机杼，又善于绘景融情、表现画意，其诗也自具面目、别有风致。

仲举雅词

元代能填词者不少，但词作成就不高，而且稍有成就者仍多出自长江流域，如仇远、赵孟頫、虞集、欧阳玄、张雨、冯子振、张翥等。其中，张翥被清代词论家推为元词巨擘。

张翥（公元 1287—1368 年），字仲举，祖籍晋宁（今山西临汾），少时随父南下，定居于杭州，从学于文学家兼书法家仇远，"尽得其音律之奥"。他一生经历元代盛衰，尽管

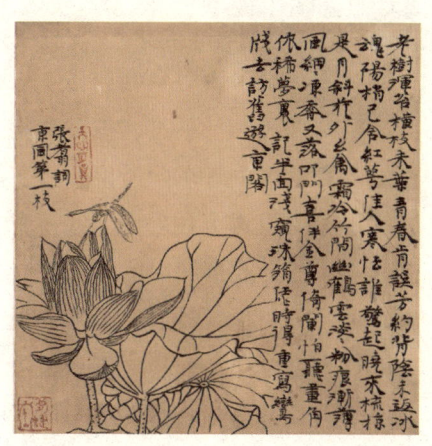

「张翥《东风第一枝·忆梅》，胡朝霞书画」

少负才名却长期未得入仕，至元末才被举隐逸而出仕为国子助教，终以翰林学士承旨致仕，故在诗词创作中也往往寄寓沧桑和身世之感。

张词清丽俊爽、温润典雅、婉转和谐、含蓄蕴藉，被认为有姜夔、吴文英的遗风余韵。《多丽》"晚山青"、《摸鱼儿·春日西湖泛舟》、《百字令·芜城晚望》、《临江仙·梁山舟中》诸篇，是其代表作。这曲《浪淘沙·临川文昌楼望月》，颇能体现张词特色：

　　醉胆望秋寒，星斗阑干。小窗人影月明间。客里不知归是梦，只在吴山。

　　行路自来难，长铗休弹。黄尘到底涴儒冠。一片白鸥湖上水，闲了鱼竿。

词人客居临川（今江西抚州），醉后凭楼望月，于秋夜星空下、小窗人影间，恍惚之中将楚山当作了吴山、临川当作了杭州，旅愁乡思充溢字里行间。此词当作于词人未仕之时，故下片感叹自己四处颠沛，儒冠蒙尘，却怀才不遇，既然仕途艰难，不如隐逸终生。词文用有历史典故、前贤诗意，含蓄蕴藉而有不著一字、尽得风流之妙。

清人陈廷焯在《白雨斋词话》中高度评价说："仲举词，树骨甚高，寓意亦远。元词之不亡者，赖有仲举耳。"

高杨张徐

《明史·高启传》云："明初吴下多诗人，启与杨基、张羽、徐贲称四杰。"不过，拟配"初唐四杰"的"明初四杰"中，则如明代中期的诗坛盟主李东阳所说："（高启）才力声调，过三人远甚，百余年来，亦未见卓然有过之者"（《麓堂诗话》）。

高启（公元1336—1374年），字季迪，号青丘子，长洲（今苏州）人，性情疏放，天才高逸，明初被召修《元史》，却于次年擢用后固辞退隐，居吴淞江之青丘授书自给、赋诗自适，显然是因不肯为朱元璋所用而遭其忌恨，仅39岁即因事连坐、被斩于京。

"青丘子，臞而清，本是五云阁下之仙卿。何年降谪在世间，向人不道姓与名……"在自我写照的《青丘子歌》中自诩为同于"谪仙人"李白的高启，"博学工诗"，一生心血几乎全用于诗歌创作，将其高远理想和高洁情志倾注诗文。其人的理想气概，犹可方驾庄周、李白；其歌的艺术表现，也有庄文李诗之风。

大气磅礴的《登金陵雨花台望大江》，抒发了诗人在国家统一、社会平定之初的欢欣之感、豪迈之情和美好之愿，反映了明朝开国时的博大昌兴气象，也较为鲜明地体现了高启诗歌的艺术造诣：

「雨花台颂，傅抱石作品」

元 明

大江来从万山中，山势尽与江流东。
钟山如龙独西上，欲破巨浪乘长风。
……
英雄来时务割据，几度战血流寒潮。
我今幸逢圣人起南国，祸乱初平事休息。
从今四海永为家，不用长江限南北！

长江浩荡，钟山巍峨，江山雄壮，形势优胜，金陵诚然是龙盘虎踞之地、帝王兴国之都。登高台，望大江，进而放眼天下、感怀今古，诗人怎不心潮澎湃、思绪万千、激发出滚滚长江一般的浩然气概、产生出万丈高山一样的壮伟豪情？诗歌开篇写江

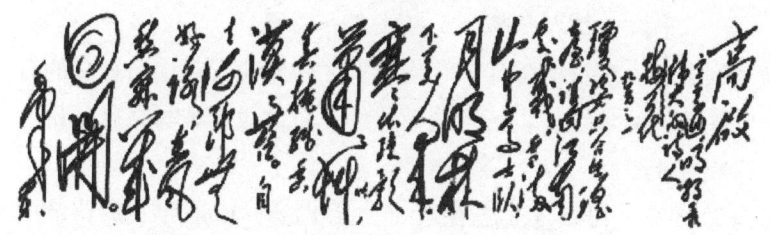

「高启《梅花》（九首之一），毛泽东书」

山形胜，已是融情入景，物我不分，且境界壮阔，气格雄健，"自出金石相轰铿"，非大作手不能为之。随后，诗人笔锋一转，逐层深入地抒写历史教训、心中隐忧和对未来的憧憬，纵横开阖，腾挪变化，舒卷自如，一气呵成。全诗雄肆奔放，豪宕酣畅，参差错落，铿锵有力，又含沉郁顿挫之美，显露出高启的超迈才气和非凡功力。清人赵翼《瓯北诗话》称，高诗七古的形、神皆有李白诗风。由此诗来看，高诗的气格情采的确近于李白诗，却又能兼得杜甫诗的神韵。

综观高启诗歌，如其在《青丘子歌》中所宣告的艺术追求那样，是以继承李白的浪漫主义创作精神为主导，但其佳作又分别具有汉魏六朝及唐诗诸大家诗歌的风神韵致，如《春暮西园》《寻胡隐君》《秋柳》《清明呈馆中诸公》《晚次西陵馆》《吊岳王墓》等。论者推尊高启为明初诗人第一，诚然不虚。

高启诗雄，高启名重。吴下诗人以高启为冠，明初也形成了以高启为代表的"吴下诗派"。

祖籍嘉州（今四川乐山）、长于苏州的杨基（公元1326—？年），少负诗名，得到杨维桢赞赏。所作《铁笛歌为铁崖先生赋》，纵横排奡，奇

谲诡异，声气雄壮，文采飞扬，不仅酷肖"铁崖体"之形，亦深得"铁崖老人"的创作精神。杨基的五言、七言诗，以写景状物、寓情寄怀见长，佳作大多自然清新、典雅秀丽，如《天平山中》《梦游西湖》《闻邻船吹笛》《登岳阳楼望君山》等，基本上因循宗唐人、尚辞华的元诗创作道路，却也体现了吴中才子的卓异情采。《春草》一诗，颇显杨诗风格：

嫩碧柔香远更浓，春来无处不茸茸。

六朝旧恨斜阳里，南浦新愁细雨中。

近水欲迷歌扇绿，隔花偏衬舞裙红。

平川十里人归晚，无数牛羊一笛风。

此诗摹写细微，表现清丽，又于状物绘景之中隐含有对生命意义的哲理思考，意境优美，韵致绵长。杨诗袭元近纤，总体成就难与高启并伦，却在张羽、徐贲之上。

张羽（公元1333—1385年）、徐贲（公元1335—1380年）的诗歌成就虽不太高，但也有自具面目而可与高、杨之诗相媲美的佳作。前人称张羽的"乐府歌行，材力驰骋，音节谐畅，不袭宋、元格调"（钱谦益《列朝诗集小传》），而徐诗"法律谨严，字句熨贴，长篇短什，并首尾温丽，于三家别为一格"（《四库全书总目提要·北郭集》）。

与"四杰"同时的松江华亭（今属上海）人袁凯，亦"工诗有盛名"。他在明初被荐入朝，但不久便遭朱元璋猜忌，只得装疯归田，全其一生。经元末战乱和明初厄运，他的诗作也多抒人生感慨而多作悲苦之声，如《客中夜坐》《客中除夕》《江上早秋》《秋日海上书怀》诸诗。作品往往是不假雕饰，自然天成，又独出心裁，工于诗法。

茶陵诗派

朱元璋实行严酷的专制主义统治，文人迫于专制王朝的淫威而钳口不语，元末明初那由长江下游诗人导扬的气盛骨高、个性鲜明的自由歌吟逐渐消歇，元末明初诗坛的繁荣景象也很快就成了明日黄花。自所谓"永乐盛世"到弘治年间（公元1403—1505年），海内号为治平。诸学士从帝王幸游，赋诗赓和，竞相歌功颂德，粉饰太平，以致朝野风行以台阁重臣

"三杨"的诗歌为代表的"台阁体"。

"三杨"都是南方人,即泰和人杨士奇(公元1365—1444年)、建安(今福建建瓯)人杨荣(公元1371—1440年)和石首人杨溥(公元1372—1446年),又以杨士奇和杨溥最负才名。他们历仕成祖、仁宗、宣宗、英宗四朝,皆官至大学士,并以文学见重而主盟文坛数十年。其诗作遵循儒家诗教、囿于理学教条,追求平正典雅,内容贫乏而不足称道。其工丽华美的艺术形式,仍体现了长江诗歌传统的审美特色,有让学诗者艳羡仿效之处。其诗风,竟也流行了百年左右。

在"台阁体"风靡之际,少数几位不为其所囿而能缘情达性、自成一格的诗人,几乎都是长江流域人,如吉水人解缙(公元1369—1415年)、泰和人梁潜(公元1366—1418年)等。钱塘(今杭州)于谦(公元 1398—1457

「杭州西湖畔于谦墓」

年),则是其中代表。于谦是民族英雄,作诗多慷慨以抒爱国忧民之怀、磊落以畅忠贞高洁之志。"粉身碎骨全不怕,要留清白在人间。"(《石灰吟》)于谦的这类诗作,不啻屈骚的嗣响。

"三杨"之后的文坛盟主,是历仕三朝、身为台阁重臣的茶陵人李东阳(公元1447—1516年)。他已看到"台阁体"流弊,有意重振长江诗歌优良传统而予以矫正。针对"三杨"视诗为"小技,不足为也"之说和诗坛充斥千篇一律的"台阁体"的现状,他强调诗"以其有声律讽咏,能使人反复讽咏,以畅达情思,感发志气"(《沧洲诗集序》),多附和严羽而倡导取法"惟在兴趣"的唐诗,主张"发人情性",否定"言理不言情"的宋、元诗歌,推崇李白、杜甫,反对一味模拟,从而发"复古"先声,在一定程度上起到了弘扬道家美学和"庄骚"艺术传统以正"台阁体"流弊的作用,具有冲决桎梏人们精神、扼杀文艺创作生机的理学枷锁的意义。

由于李东阳"历官馆阁,四十年不出国门",受"台阁体"浸染日

「行书五言诗，李东阳作品」

久，他的诗歌也未尽脱"台阁体"气息，但一些佳作能够抒发自我真情性，如《寄彭民望》《偶成四绝》《幽怀》等。《灵寿杖歌》这样的作品，更是除弊开新而别具一格。因此，他的诗歌，在当时"如老鹤一鸣，喧啾俱废"；他的诗论，则影响更大；文士赞其论而仿其作，从而兴起了"茶陵诗派"，导扬出前后七子的复古主义文学运动。

前后七子

以李梦阳、何景明为首的"前七子"崛起于弘治、正德年间（公元1488—1521年），"倡为复古之论"，掀起了初衷在于举"复古"之旗、行革新之实的复古主义文学运动。"前七子"中，信阳人何景明（公元1483—1521年）、常熟人徐祯卿（公元1479—1511年），分别是领袖之一和重要骨干。李梦阳（公元1473—1529年）、边贡（公元1476—1532年）、康海（公元1475—1540年）、王九思（公元1468—1551年）和王廷相（公元1474—1544年），虽然不是长江流域人，也多在长江流域为官或生活过。

李、何都曾受知于李东阳，在"心学"兴起之际，发挥李东阳的"宗唐说"而大倡"文必秦汉，诗必盛唐"，强调诗出于自然、发于性情。他们的论说，实为在理学势力尚大的现实中借复古口号以宣扬反理学的进步文学主张，相当程度上也是要求复兴源出"庄骚"的古代优秀文学传统。在他们复古率性、尊情抑理的号召下，一时间"天下语诗文，必并称何、李"，"海内翕然

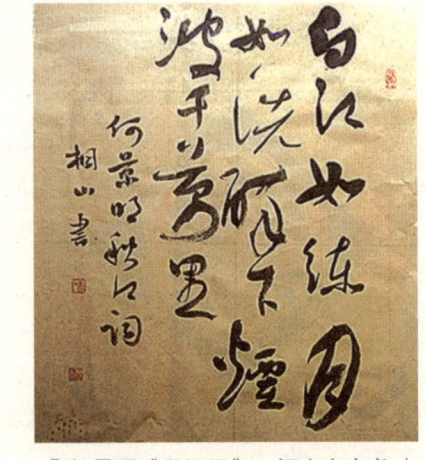

「何景明《秋江词》，铜山大夫书」

景从,为明音中兴之盛"(顾起伦《国雅品》)。可是,两人虽然共同倡言复古,但两人所受的地域传统文化熏陶不同,以致"天分各殊,取径稍异",文学主张和诗歌风格也有别。"梦阳主模仿,景明主创造。"(《明史·何景明传》);李诗豪气纵横,何诗清新俊逸。"主模仿"的李诗往往食古不化,结果将复古主义文学运动引向了拟古歧途。"主创造"的何诗,能够领会古人神情,不仿古人形迹,溢情见性,鉴古开新,不仅继承了长江诗歌艺术传统,而且体现了复古主义的精神实质,更为后人称道。

徐祯卿少与唐寅、祝允明、文徵明并称为"吴中四才子",论诗同于李、何宗旨,但有不少"天马行空脱羁鞯"、不为拟古所牢笼的创见;作诗也不"刻意古范","标格清妍,摘词婉约"(钱谦益《列朝诗集小传·徐博士祯卿》)。其诗歌成就,可与何、李鼎足而立。

"前七子"掀起的复古运动波浪起伏。至嘉靖、万历年间(公元1252—1620年),以李攀龙、王世贞为代表的"后七子"又重兴复古运动。"后七子"自觉结社唱和,相与成派。其中,除李攀龙(公元1514—1570年)、谢榛(公元1495—1575年)、梁有誉(公元1521—1556年)之外,王世贞(公元1526—1590年)、宗臣(公元1525—1560年)、徐中行(公元1517—1578年)、吴国伦(公元1524—1593年)都是长江流域人。

「唐寅《立石丛卉图》」

李、王两人,犹同"前七子"中的李、何,都是一时的复古运动领袖,又分别为北人和南人,其文论稍异,其诗风也不同。李一味尊古贱近,作诗基本上是模拟成篇。王虽然称扬李,却反对一味模拟剽窃,主张既要博采前人之长而合于法度格调,又要"一师匠心,气从裔畅"。王诗也虽有拟古痕迹,但未全失"真我",有不少师心独造、表现情性的佳作,如《登太白楼》《酹孙太初墓》《乱后初入吴舍小酌》等。因此,王的影响也大于李,并在李死后独主文盟。不过,王、李为代表的"后七子",虽然造成了较"前七子"更大的复古声势,终究因时过境迁又论偏调绝而弊多益少,扩大了拟古习气的恶劣影响。当顺因时代新潮的文学启蒙运动兴起之后,流于模拟剽窃的复古运动便在一片讨伐声中偃旗息鼓了。

升庵风骨

无论"台阁体"风靡天下,还是复古论调声震海内,诗坛上仍有一批诗人无所依傍、卓然自立。其中成就斐然、名声显著者,是长江流域的吴中才子沈周(公元1427—1509年)、祝允明(公元1460—1526年)、文徵明(公元1470—1559年)、唐寅(公元1470—1523年)和蜀中才子杨慎。

沈、祝、文、唐都是才华横溢、风流倜傥、率真任性、特立独行的书画家兼诗人。他们处世为人,依托道家而放浪不羁,清高脱俗;他们的文艺创作,继承"庄骚"艺术精神而自由充分地表现自我的个性、气质和情趣。他们的诗名虽然不及其画名或书名,他们的诗歌在当时诗坛上却别开生面。其诗歌则犹如其书画,自然

「沈周《庐山高图》(局部)题诗」

天成而性灵独抒,恣意表现而不拘一格,不入雍容典雅的"台阁体"牢笼,更无模拟剽窃痕迹,在创作精神上为晚明文艺启蒙运动作了前期铺垫。

新都(今属成都)人杨慎(公元1488—1559年),自幼聪慧,博学多才,23岁考中状元,可谓少年得意,却于36岁时因抗颜直谏,被发配云南,老死谪所。《明史·杨慎传》称:"明世记诵之博,著作之富,推慎为第一。"世有"明朝三大才子"之称,即谓长江流域人解缙、杨慎和徐渭,而杨慎被列为其首。

杨慎存诗约有2300首,内容丰富,佳作甚多。他的诗文,受到李东阳指授。他的诗论,发挥李东阳的思想,倡导主情的唐诗,强调诗歌本于性情,反对模拟古人、"空自高标",主张抒写"真景实情",采用比兴

手法，追求含蓄蕴藉的艺术表现。他的许多作品，明显具有六朝、晚唐诗歌的清新绮艳、温婉流丽、韵致隽永的风格，如《柳》《竹枝词》《涪江夜泛》等。他的一些反映现实、揭露黑

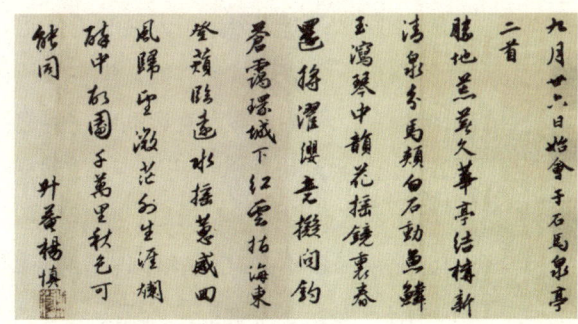

「杨慎《石马泉诗二首》」

暗和抒写生活遭际、人生感慨的作品，可谓真情袒露、本性尽显，风骨遒劲，感染力尤强。《宿金沙江》云：

　　　　往年曾向嘉陵宿，驿楼东畔阑干曲。
　　　　江声彻夜搅离愁，月色中天照幽独。
　　　　岂意飘零瘴海头，嘉陵回首转悠悠。
　　　　江声月色那堪说，肠断金沙万里楼。

　　诗人触真景，生实情，看江声月色依旧，感离愁别绪倍增，于是"发诸性情而协于律吕"，自然而然地将一生的不幸、满腹的悲哀，高度概括又淋漓尽致地抒写出来。果真是"情缘物而动，物感情而迁"，诗歌的凄清之景与诗人的凄苦之情相生相融，浑然妙合，让读者诵其诗而思其人，也为之肝肠寸断！受时风感染，杨诗也有拟古痕迹并为人诟病。但是，高才博学的杨慎随题赋形之诗，却一空依傍而独树一帜。

　　杨慎又是词作名手。其词有如其诗，"好用六朝丽事，似近而远"，并常咏史述古、兴感寄怀。《临江仙》"滚滚长江东流水"一词，被毛宗岗父子置于《三国演义》卷首，传播极其广远。

公安三袁

　　明代晚期，长江流域勇于冲破封建传统束缚的狂人奇士，在激扬批判程朱理学、宣扬人本主义的哲学启蒙思潮的同时，针对复古运动带来的拟古风气盛行而致创作脱离现实、缺乏真情的弊害，奋起抨击前后七子、大力标举性灵和至情，掀起了波涛汹涌、声势浩大的文学启蒙运动。

山阴（今浙江绍兴）人徐渭（公元1521—1593年），以率性而行的"狂怪"举止、"情坦以直"的文学主张、奇诞豪肆的适己创作，为时人推重而影响很大，可谓文学启蒙运动的主将之一。徐渭是杰出的文学家和艺术家，尤好《庄子》和继承"庄骚"传统的前代文艺大师的作品，在创作上强调"出于己之所得"、"求以自适其趣"。他的诗词，往往驰骋奇伟险怪的想象，充溢磊块不平之气，体现超逸不羁之性，具有激越奔放的气势、变化多端的表现和迷离瑰丽的境界。《题水墨葡萄图》，是徐诗代表作之一：

　　半生落魄已成翁，独立书斋啸晚风。
　　笔底明珠无处卖，闲抛闲掷野藤中。

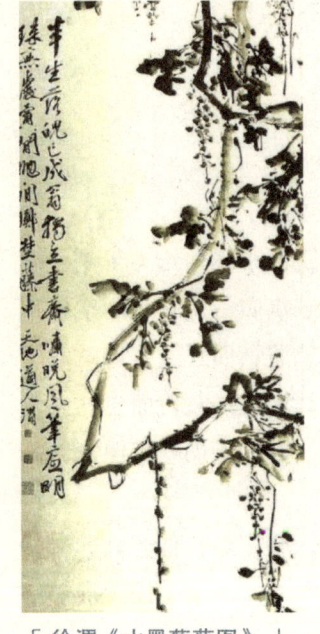

「徐渭《水墨葡萄图》」

徐渭所画的《水墨葡萄》，构图新奇，用笔恣纵，形不求似却"动静如生"，水墨淋漓而情性显露。这首题于图画上端的小诗，概括了他半生落魄、历经磨难的生活经历，表现了他孤高兀傲的人格精神，揭示出他自况"明珠"的图画主旨，文辞自然宏放，达意真切酣畅。徐诗在当时深受文学启蒙运动的同志激赏，甚至被称为"嘉靖以来一人"。

晚明文学启蒙运动中尤为引人注目的健将，是创立"公安派"的公安袁氏三兄弟。其中，兄长袁宗道（公元1560—1600年），是"公安派"的开创者；小弟袁中道（公元1570—1627年），是"公安派"文学理论的修正和完善者；中郎袁宏道（公元1568—1610年），则以鲜明深刻的理论建树和独抒性灵的创作成就而成为"公安派"的旗手。

自诩为楚狂人的袁宏道，年16为诸生，文名著于乡里。举进士后，除吴县（今属苏州）、授顺天府（今南京）教授等官，遍游江南，广交志同道合的文人雅士，与之共同激扬文学启蒙大潮。他于诗文创作主张"独抒性灵，不拘格套，非从自己胸臆流出，不肯下笔"（《序小修诗》），鲜明地提出了"性灵说"。以此为核心，他坚决反对"剿袭模拟，影响步趋"，进而提倡变革创新、各穷其趣。他的诗文是"性灵说"的具体实践，是"独抒性灵"的自然表现，是"各极其趣"的艺术创造。诗作一空

元 明

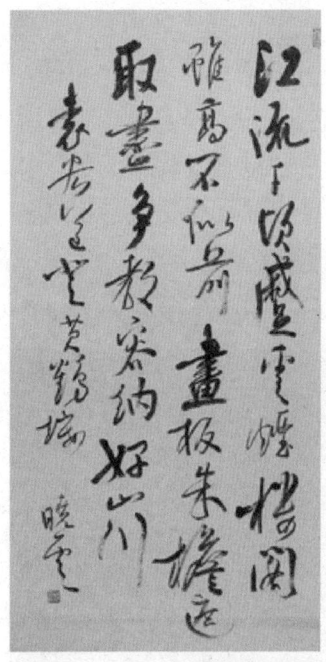

「袁宏道《登黄鹤楼》，孙晓云书」

依傍，纯任自然，发于性灵，冲口成章，自由轻快，平易晓畅，鲜明地体现出"公安派"力矫拟古流弊、勇为艺术变革的全新风貌。较为典型的如《山阴道》：

钱塘艳若花，山阴芊如草。
六朝以上人，不闻西湖好。
平生王献之，酷爱山阴道。
彼此俱清奇，输他得名早。

诗人由钱塘游山阴，深觉西湖美，又识山阴秀，触景兴感，思怀前贤，因情生趣，信口歌咏。此诗犹似五律，却不拘律诗格套，既无对仗，更不讲起承转合，心语自流而不假雕饰，本色独造而饶有趣味。不足的是，袁宏道矫枉而过正，诗作也往往随意草率、直白浅近，以致失去诗歌高华俊雅、风流蕴藉之美。

"公安派"的出现，标志着晚明文学启蒙运动达到了高潮。"公安派"的理论和实践，"致天下耳目一新"，彻底扫荡了流行已久的拟古风习，使得晚明文士的思想大解放、创作大革新，"靡然而从之"。可是，靡然而从"公安派"的文士，未能真得其"独抒性灵"的神髓，只知仿效其"不拘格套"的表现，以致发展其"戏谑嘲笑，间杂俚语"方式而衍成创作空疏草率、粗浅鄙俚的流弊。

就在"公安派"高举"性灵"大旗放声呐喊之时，邻近公安的竟陵（今湖北天门）人钟惺（公元1574—1624年）和谭元春（公元1586—1637年），给予了有力的声援，并创立了"竟陵派"。钟惺和终生未仕的谭元春，志同道合，相交谊深，发挥"公安派"的"性灵说"，同时又有感"公安派"过于强调"独抒性灵"而弃学古人、不依法度所带来创作肤浅俚俗的流弊，编选了《古诗归》和《唐诗归》。他们在创作上倡导性灵与文法的结合，标榜"深幽孤峭"的诗风。他们的诗作，也刻意作"幽情单绪、孤行静寄于喧杂之中，而乃以其虚怀定力，独往冥游于寥廓之外"（钟惺《诗归序》）的艺术表现。如钟惺的名篇《夜归》《舟晚》《十五夜月》《答彦先雨夜见寄》等，都鲜明地体现了其特色。因钟、谭的主张和创作力矫"公安派"流弊而别具新貌,于是,"钟、谭之名满天下,谓之'竟陵体'"(《明史·钟惺传》)。一时天下论诗作诗者望风相随,形成继"公安派"之后崛起于文坛的"竟陵派"。

"竟陵派"的理论和实践,也有偏颇并造成"以噍音促节为能"流弊,但其力主性灵、锐意创新的精神,则继承了长江文化传统而意义重大,在当时起到了为文学启蒙运动推波助澜的作用。

云间龙吟

长江流域陈子龙、夏完淳等激昂慷慨、悲愤沉郁的歌吟,是明末文学创作的代表。

云间(今上海松江的别称)人陈子龙(公元 1608—1647 年),是"复社"和"几社"的创始人之一和领袖,在明末文坛上声名尤高,被誉为明诗殿军和词作第一人。

「陈子龙石刻像」

陈子龙的前期诗作,注重师法古人的体格音调,颇具唐诗的神采风韵,又能独抒真情,故"诗特高华雄深,睥睨一世"(吴伟业《梅村诗话》)。清人入关后,他怀抗清复明壮志,组织义军抗清。在此同时抒写的大量诗作,风格转为悲壮激烈。他往来江、浙间从事抗清活动时寓居吴中所写的十首《秋日杂感》,是他后期的代表作。

陈子龙于词主张"境由情生,辞随意启,天机偶发,元音自成"(《幽兰草·题辞》),以"婉约"为正统,推尊李璟、李煜父子和李清照、周邦彦等。其词作婉曲雅丽,即使是抒发伤时之怀、亡国之痛,也"能以浓艳之笔,传凄惋之神",如《天仙子》"古道棠梨寒恻恻"、《点绛唇·春日风雨有感》诸篇。《山花子·春恨》一曲,尤能体现陈词风格:

杨柳迷离晓雾中,杏花零落五更钟。寂寂景阳宫外月,照残红。

蝶化彩衣金缕尽,虫衔画粉玉楼空。惟有无情双燕子,舞东风!

元　明

上片写暮春之景，下片写人事之非。春景只见残红，人事仅余空楼。这残红春色，怎不令人悲伤？这空寂景象，怎不令人哀痛。可词人所写之景，源自心中之情，所谓情哀则景哀。词题为"春恨"，抒发的实为大明王朝灭亡之恨。春逝固然无奈，国亡尤其沉痛。写景之辞雅丽，抒情手法却婉曲。

夏完淳（公元 1631—1647 年）师从陈子龙，也是云间人，幼有神童之誉，14 岁随父夏允彝起兵抗清。其父殉节后，他随陈子龙继续抗清，兵败被俘，不屈而死，年仅 17。夏诗以五律见长，充溢爱国激情，文辞华美，风格清丽。悲歌慷慨的《别云间》一诗，是最为人传颂的夏诗代表作：

　　三年羁旅客，今日又南冠。
　　无限河山泪，谁言天地宽？
　　已知泉路近，欲别故乡难。
　　毅魄归来日，灵旗空际看。

「陈子龙《渡易水》」

此诗吟成于诗人被捕后从故乡押往南京的路上，诗意明朗，是一曲民族英雄述志抒怀、勇赴国难的不朽绝唱。

同为云间人的李雯（公元 1608—1647 年）、宋征舆（公元 1618—1667 年）也擅长诗词，与陈子龙并称为"云间三子"。以其为核心，云间诸公热衷于诗词创作，形成了文学史上通称"云间派"的诗派和词派。诗品、词品及人品皆高的陈子龙，乃执"云间派"牛耳。"云间派"的主要成员，有宋存标、宋征璧、夏完淳、钱芳标、董俞、蒋平阶、周茂源、计南阳等。"云间派"的活动延及清初，影响则相当深远。

「夏允彝、夏完淳父子墓，陈毅题字」

清 代

满清贵族入关之初,逞游牧民族之野性,扬骑射传统之蛮力,企图在刀剑的屠杀、铁蹄的蹂躏下迫使汉族人民剃发梳辫、变夏为夷。"扬州十日"、"嘉定三屠",满清贵族的武力征服,在中国历史上刻下了血淋淋的惨痛记录。然而,压迫民族的暴行只会激起被压迫民族的强烈反抗。长江流域,一直是抗清斗争最为激烈的地区。于是,满族的武力征服虽在起初势不可挡,但清朝最终平定天下、统一中国却用了长达40年的时间。

在清初相当长的一段时间里,诗歌创作乃以爱国精神为主旋律。长江流域遗民诗人那悲怆哀怨、苍凉沉郁的咏唱,成为这段时间的诗歌创作主体。

清代诗人众多,名家辈出。享誉诗坛者,先后有"江左三大家"、"南施北宋"、"乾隆三大家"等。清诗发展的主导者,主要是长江流域诗人。

兴于唐、盛于宋、衰落于元明的词作,在清代得以复振。清词在明清之际的肇兴,至康乾之世的大振,及乾嘉同光年间依然繁荣,也主要是长江流域词人的贡献。

晚清社会巨变,文化激荡。长江流域的晚清诗词,不仅开近代诗词的风气之先,而且集中地反映了社会的变革过程和文化的激荡状况。

清　代

遗民诗人

清初遗民诗人的数量众多、影响巨大。其存诗者，就有 500 人以上。被称为"清初三大思想家"的长江流域人黄宗羲、顾炎武和王夫之，是其中的代表。长江流域人归庄、杜濬、吴嘉纪、钱澄之等，也是其中的佼佼者。

余姚人黄宗羲（公元 1610—1695 年）、昆山人顾炎武（公元 1613—1682 年）和衡阳人王夫之（公元 1619—1682 年）这三位大思想家，是激扬起明、清之际哲学启蒙思潮的洪涛巨澜的文化巨匠。同时，他们也十分重视诗歌创作。他们诗作的共同特点，就是顺应了时代要求，将自我情感与社会情绪联系在一起，多抒写遗民之哀、亡国之痛、怀旧之情和忠贞之节，体现出鲜明的时代特征和强烈的时代精神。三人之中，以王夫之的理论建树和创作成就最高。

生于屈、宋之乡，长于老、庄之国的王夫之，尤为敬重乡贤国杰，也精研老、庄、屈、宋的著作，"又以文章莫妙于南华，词赋莫高于屈、宋，故于庄、骚尤流连往复"（潘宗洛《船山先生传》）。他的诗

「岁寒坚贞图，黄宗羲作品」

歌美学思想，继承了"庄骚"艺术精神，总结了依据道家审美理论而发展的传统诗学，具有理论上的系统性和深刻性，反映出长江文化诗学理论在清初所达到的高度。他强调"诗以道情"，批评明中叶以来的一些文学流派拘泥法度、自树门庭而致有其格局却无性情的现象，又对明末文学启蒙运动出现的诗歌创作着重个人私情和私欲的偏向作了修正，还对唐宋以来诗论家关于诗歌的审美标准和审美创造的理论作了总结和阐发。他认为诗歌以创造出抒情与写景浑然一体的审美境界为佳，阐明了"景"与"情"在诗歌审美创造中的辩证统一关系。

王夫之的诗词创作，则努力实践他的诗学理论。其思想感情，有如学

者所言:"悱恻缠绵,悲蒿凄怆,其耿耿孤忠,菀结不能自已之情,随处迸发流露,真可谓《离骚》之嗣音。"(嵇文甫《王船山诗文集·序言》)其艺术表现,往往是"景中生情,情中含景",如《病》《悼亡》《初度日占》《正落花诗》《补落花诗》《更漏子·本意》《蝶恋花·衰柳》《蝶恋花·君山浮黛》等。《玉楼春·白莲》云:

  娟娟片月涵秋影,低照银塘光不定。绿云冉冉粉初匀,玉露泠泠香自省。
  荻花风起秋波冷,独拥檀心窥晓镜。他时欲与问归魂,水碧天空清夜永。

词文咏物写景,也是述志抒怀;虽无一语明言自己,却无一句不是自况;白莲品质高洁,词人气节高尚;白莲翘立于"水碧天空清夜永"中,词人傲处于神州江山易代时;诚然是物我不分、妙合无垠的佳作。

明亡后,王夫之积极从事抗清活动,复明无望乃潜伏深山,为强烈的民族使命感和社会责任感所驱使,满怀忧愤而专心治学,仅以诗词创作为余事。但其"字字楚骚心"的作品,不仅高奏出清初遗民诗人的创作主调,而且体现出清初遗民诗人的创作成就。

「 王夫之《大云山歌》墨迹 」

清初大家

在清初诗坛上负有盛名的,是"江左三大家"——常熟人钱谦益、太仓人吴伟业和合肥人龚鼎孳。三人都是明末的文坛名家、朝阁显臣,后又都变节仕清,有污大节,为当时士林贬责诟病,自己也处境尴尬难堪、矛盾痛苦。他们的诗词创作,往往或显或隐地流露出因失身污节的悔恨哀怨，表达出对旧朝的悼伤怀念。三人尽管并称于清初诗坛，但龚鼎孳的创作实难与钱谦益、吴伟业比肩。就钱、吴两人而论，则钱的声名又重于吴，吴的成就则高于钱。

"博学工词章"的钱谦益（公元1582—1664年），明季为几进宰辅的东林党魁、艺林仰宗的文坛泰斗，却在清人入关之后，为保位全身，先依附佞臣马士英、阮大铖，后投降清朝。尽管他在清廷不受重用，任职不久即告病还乡，又在潜心著述的同时，秘密从事抗清活动，但终究因反复无端、晚节未保而为节士鄙夷。

清初"以著述自娱"的钱谦益，不仅热衷于诗词创作，也重视对之作理论总结和阐发。他批评前后七子倡言复古却流于模拟剽窃，肯定"公安派"标举性灵、廓清拟古风气的伟大功绩，也指出其流于肤浅俚俗的弊病，斥责"竟陵派"为矫正"公安派"

「兰花，钱谦益作品」

流弊却陷入偏狭而将创作引入歧途，认为创作首要在于"独抒性灵"，但也不可偏废学问。他作诗博采唐宋名家之长，力求性情与学问兼备，诗风宏肆富赡、典雅工丽。诸体之中，他尤精七律。《岁暮杂怀》、《东归漫兴》、《后秋兴》108首等，大都是伤悼时事、感慨兴亡、悲叹身世之作，感情真挚，表达深切，又文辞宏放却不失典重之雅，诗律谨严而不着模拟之迹，颇显诗人的才情学力。《五日泊睦州》，是其代表作之一：

客子那禁节物催，孤蓬欲发转徘徊。
晨装警罢谁驱去，暮角飘残自悔来。
千里江山殊故国，一杯天地在西台。
遥怜弱女香闺里，解泼蒲觞祝我回。

诗人出行在外，触景伤怀，于是一腔悲怨、满腹悔恨，从胸臆冲出，起句便给全诗蒙上浓重的感伤色彩。诗文纪行写景，却句句都是情语，又巧用典故及古人诗词中的语词、意象，将郁积盘结于诗人心中那孤苦之感、"自悔"之意、亡国之痛、无奈之情一一倾吐出来，读后令人扼腕长叹。

钱谦益的理论和创作，都起到了矫正"公安派"和"竟陵派"之偏颇的作用，在清初诗坛影响巨大，导扬出有清一代诗风。

同样"学问博赡"、才华横溢的吴伟业（公元1609—1672年），政治上不似钱谦益那样反复无常，屈节仕清乃出于迫不得已，晚年退隐乡里后，心态也不像钱谦益那样复杂，但愧悔之意、自责之情更甚于钱谦益，赋诗作词则反复表达沉痛至极的忏悔。如《病中》云：

忍死偷生廿载余，而今罪孽怎消除？
受恩欠债须填补，纵比鸿毛也不如！

他"临殁顾言：'吾一生遭际万事忧危，无一时一境不历艰苦，死后敛以僧装，葬我邓尉灵岩之侧，坟前立一圆石，题曰诗人吴梅村之墓，勿起祠堂，勿乞铭。'"（《清史稿·吴伟业传》）因此，人们认为他"本心不昧"、忏悔诚挚，士林也不像痛诋钱谦益那样攻击他。

「山水，吴伟业作品」

吴伟业的"诗文工丽，蔚为一时之冠"。在诗歌创作上，他用力甚勤，作品量大，内容丰富，诸体皆备。尤其是他的后期诗作，多"感怆时事，俯仰身世"，寄托良苦，成就卓越。体式自由的歌行体，最为他所擅长。《鸳鸯湖》《琵琶行》《萧山儿》《捉船行》《永和宫词》《悲歌赠吴季子》等，都是吴诗名篇。这些诗篇反映了鼎革之际的社会现实、重大事件、人物命运和诗人情怀，在叙事手法上师法白居易、元稹之作，又能借鉴李商隐诗的艺术表现，还依托自我的审美追求而"出以清丽"，故为人叹赏。代表作《圆圆曲》尤能体现吴诗成就和特色，可谓有赖一首《圆圆曲》，陈、吴故事传百年；有赖一首《圆圆曲》，清诗仿作继不绝。吴伟业的"五七言近体，声华格律不减唐人，一时无与为俪"。如《临清大雪》：

白头风雪上长安，裋褐疲驴帽带宽。
辜负故园梅树好，南枝开放北枝寒。

小诗作于诗人被迫应诏北上的途中，看似随口吟成的平易之作，实为蕴意丰厚的高华妙品，仅以4句28言，便于写景纪行之中，将隐居不能而违心仕清的愧疚之心、旅途上身心交瘁的凄楚之感、以及故国之思、亡国之痛，都借助艺术形象而委婉曲折地表达出来，含蓄蕴藉而耐人寻味，诚非大家手笔而难以为之。

继"江左三大家"之后，享誉诗坛的是所谓"南施北宋"。

"南施"，指宣城人施闰章（公元1618—1683年）。他不主张直白浅露地抒写性情，认为应学唐人含蓄达意。尽管受到清廷标榜儒学的影响，他也宣扬"温柔敦厚，诗教也"。可是，他的诗作却并未严格遵循儒家诗教，而能真实反映清初社会的阶级矛盾和民生苦难，深切表达对动荡时局的忧患和对百姓疾苦的同情。《牧童谣》《牵船夫行》《上留田行》《浮萍兔丝篇》诸作，不仅叙事无所遮掩，而且写实动人心魄。五言近体，为他所长。《钱塘观潮》《过湖北山家》《江行杂咏》《雪中望岱岳》等，写景抒怀，清新自然，韵味隽永。小诗《至南旺》，也是施诗代表作之一：

「施闰章手书对联」

客倦南来路，河分向北流。
明朝望乡泪，流不到江头。

诗写宦旅乡愁，构思奇巧，发语自然，借景言情而真切感人。

时称"北宋"的莱阳人宋琬（公元1614—1674年）的诗作，则显北派风貌。前人比较云："南施北宋，故应抗行。今就两家论之，宋以雄健磊落胜，施以温柔敦厚胜，又各自擅场。"（沈德潜《清诗别裁集》）此语指出两人诗风鲜明地体现出南北之异，固然不错，但据正统儒学而认定"施以温柔敦厚胜"，则不确。平允而言，施诗胜在温雅清丽、含蓄蕴藉。

与"南施"同时的泰州人吴嘉纪（公元1618—1684年）、吴江（今属苏州）人吴兆骞（公元1631—1684年），也是清初著名诗人。性格孤高狷介的吴嘉纪，作诗以性情胜，语语真朴。人生坎坷的吴兆骞，多抒写自己的生活遭际和放流情怀，诗风则以苍凉雄奇、沉郁悲壮为主。

乾隆名流

乾隆朝扬名诗坛的"三大家"——袁枚、赵翼和蒋士铨,犹同清初"三大家",全是长江流域人。另外,长江流域的其他诗人,如郑燮、张问陶等,也在其时诗坛卓然自立。这些长江流域诗人,共倡抒写性灵之说,同为"独抒性灵"之作,重兴晚明文学启蒙的波澜,成为独领清中叶诗坛风骚的"性灵派"代表。

钱塘(今杭州)人袁枚(公元1716—1798年),一生率性任真,通达洒脱,放浪不羁,壮年即厌倦吏职,引疾去官,建随园栖身,以诗文自娱,又畅游山水名胜,广交名人雅士,声名远播。他不满清廷文化专制主义的桎梏,继承晚明文学启蒙运动精神,发挥"公安派"理论,大倡"性灵说",认为诗歌应是诗人性情的自然表露和灵感的偶然兴发,是情与景会、心与物接所产生的审美感受的鲜活表现,是"灵机"运化、自然天成的"天籁",即他的《遣兴》所谓:

但肯寻诗便有诗,灵犀一点是吾师。
夕阳芳草寻常物,解用多为绝妙辞。

在《老来》诗中,他又说:"我不觅诗诗觅我,始知天籁本天然。"他的诗作,基本上是他阐发的"性灵说"的艺术实践,或写景摹物,或述事咏史,大都是随心运化、兴感而成,风格则主要体现为真率自然、清新灵巧。《鸡》《推窗》《山泥》《咏钱》《马嵬》诸诗,都是脍炙人口的袁诗名篇。小诗《偶步》颇能反映袁诗的艺术追求和艺术特征:

偶步西廊下,幽兰一朵开。
是谁先报信,便有蜜蜂来。

「袁枚手书对联」

诗歌纯为偶有感兴、信口吟成的"绝妙辞",虽然全无雕饰、平白如话，却别出心裁、轻灵机动、意趣盎然，表达出诗人优游家园的闲适感受和寄情自然的愉悦心情，不啻是"平生行自然"的诗人真性情的艺术表现。大倡"性灵说"的袁枚，尽管其"独抒性灵"的诗作较少反映社会现实，缺乏深广的思想内容，但其继承明末文学启蒙运动精神的诗论和充分表现艺术个性的诗作，为受封建盛世文化专制主义压抑的诗坛吹入了一缕新风，以至于许多骚人墨客相与倡说激扬，形成了清代中期影响很大的"性灵派"。

阳湖（今常州）人赵翼（公元1727—1814年），少年即被目为奇才，仕途却不尽如意，晚年辞官家居，潜心著述，并主讲于扬州安定书院，是著名的史学家

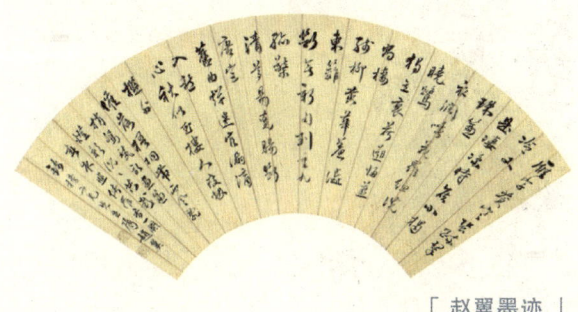

「赵翼墨迹」

兼诗人。他论诗呼应袁枚的"性灵说"，认为诗歌创作重在"独创"、"争新"，并作有《论诗》一组以阐明此理。其中两首云：

满眼生机转化钧，天工人巧日争新。
预支五百年新意，到了千年又觉陈。

李杜诗篇万口传，至今已觉不新鲜。
江山代有才人出，各领风骚数百年。

他作诗亦动之于心而吟之于口，所作皆性灵显露、情思独具、个性鲜明，且因有感辄咏、产出量大、使气命诗、不事雕琢而风格多样。他的吊古咏史作品，如《咏史》《漂母祠》《西湖咏古》《歌风台怀古》等，见学者之功力、史家之卓识，给人启迪，颇有特色。不过，赵诗也有用典和议论过多而形象性不足、信口述事说理而诗味稍淡之失。

主张"文章本性情，不在面目同"的铅山人蒋士铨（公元1725—1785年），是与赵翼情投意合的挚友、著名的戏曲家兼诗人。他的诗歌，能反映现实，抒写爱憎，表现真情至性，人称"篇篇生色，语语根心"。《饥民叹》《缝穷妇》《京师乐府十六首》诸作，揭露了"盛世"中百姓的苦难生活，表达了对社会现实的忧患和对劳动人民的同情，语激辞切，无所

掩抑。《杭州》《湖上晚归》《润州小泊》《开先瀑布》诸作，写景纪游，融情寄意，绘象造境，蕴含丰厚，既得唐人神韵之妙，又"铮然别开生面"。

号"板桥道人"的兴化人郑燮（公元1693—1765年），是书画界个性张扬、成就卓异的"扬州八怪"中的理论家和杰出代表，又是诗坛上"直摅血性"、卓然自立的名家。他有济世安民的伟志，任县令时清正廉洁、果断干练、却因开仓以赈灾民而被诬去职，一生率直旷达、落拓不羁，放言不惮，耿介傲岸，得获狂名。他的艺术主张，同于"性灵派"。"自写性情"的板桥诗歌，"达天地万物之情，国家得失兴废之故"，"道乎民间痛痒"；更展示自我峻洁品格，写照自我铮铮傲骨。板桥的画，多绘兰、竹、石；板桥的诗，也多关兰、竹、石。如《潍县署中画竹，呈年伯包大中丞括》：

「竹石图，郑板桥作品」

衙斋卧听萧萧竹，疑是民间疾苦声。
些小吾曹州县吏，一枝一叶总关情。

又如《竹石》：
咬定青山不放松，立根原在破岩中。
千磨万击还坚劲，任尔东西南北风。

板桥的画是诗，板桥的诗也是画；画笔诗法相结合，诗情画意相融通；真气、真意、真趣注为其神，清思、奇笔、简文显现其形；于是构成不同凡响、独具一格的板桥之作。

与王夫之同号"船山"的遂宁人张问陶（公元1764—1814年），推崇袁枚而调和赵、蒋，以为"传神难得性灵诗"（《梅花》），特作《论诗十二绝句》《论文八首》等申述"性灵说"。他的诗歌也与袁枚诗同风，深得"性灵说"精髓。如《嘉定舟中》二首：

凌云西岸古嘉州，江水潺湲抱郭流。

「张问陶手书对联」

清代

绿影一堆漂不去，推船三面看乌尤。

平羌江水绿迢遥，梦冷峨眉雪未消。
爱看汉嘉山万叠，一山奇处一停桡。

诗人眼观美景而顿生诗情，于是将"聚如风雨"的"跃跃诗情"，通过对山水简括精要的描绘，活脱自然地表达出来，诗歌因而清新秀逸，灵机飞动，寄兴无端，趣味无穷。《出栈》《秋夜》《晓行》《过黄州》等，也都是见其性情的张诗代表作。不过，张诗也非刻意仿效袁诗。张诗的题材和内容，要较袁诗显得广泛而丰富。

词坛宗匠

晚清词人陈廷焯在《白雨斋词话》中总结说："词兴于唐，盛于宋，衰于元，亡于明，而再振于我国初，大畅其旨于乾、嘉以还也。"诚然如是，盛于两宋的词，在元、明两代，由于新兴的戏曲、小说创作风靡社会、由于封建士大夫受宣扬"以理节情"的官方哲学——宋明理学的束缚等原因，创作逐渐衰落并近乎消歇，经晚明文学启蒙运动之兴，遇明、清易代之秋，方因陈子龙、夏完淳、王夫之等人重拾词体以抒写性情、寄托感慨而兆词作中兴迹象。长江流域人陈维崧、朱彝尊、张惠言同时或先后崛起于词坛，远绍宋代名家的词艺，振扬明季重发的词学，力作以自为家之词，从而不仅独树一帜，

「迦陵填词图，释大汕绘于康熙戊午（公元1678年）」

而且分别开创了在清代词坛上并峙禅续、争奇斗艳的"阳羡词派、"浙西词派"和"常州词派"，蔚为清词中兴的彬彬盛况。

宜兴人陈维崧（公元1625—1628年），号迦陵，少负才名，深受时

代风雷的激荡和包括父祖在内的爱国人士的影响。历经鼎革之变,他长期未肯仕清,浪迹四方,游踪无定,颠沛流离,饱受饥寒,30余岁才参加省试,54岁时因试鸿词科而得以由诸生授翰林院检讨,参与撰修《明史》四年即卒。尽管不是遗民,但他始终怀有强烈的爱国思想和民族意识。他能文工诗,更擅填词,词作数量冠绝古今,词作成就亦独步清初。

陈维崧推尊词体,把词的创作提到了"为经为史"的高度,并将他的后半生精力几乎全用于词的创作上。由于个性和经历使然,陈词使气逞才,任情率意,风格豪宕奔放而恣纵无羁、奇谲诡异而雄阔壮丽,近于浪漫主义大词人苏轼和辛弃疾之作。陈词的鲜明特色,首先在于慷慨悲歌,引吭高唱,一任感情洪涛自由宣泄而毫无节制;其次是借助丰富新奇的想象,创造恢诡谲怪的意境;再次是多用比喻,喜好夸张。《醉花落·咏鹰》上阕咏物,下阕直

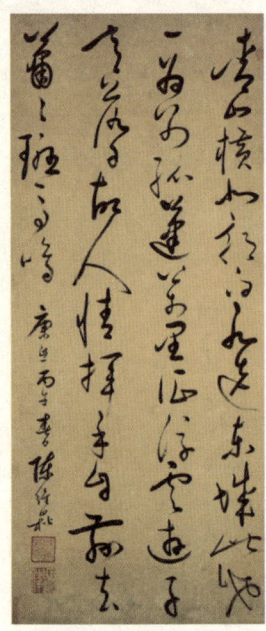

「 草书五言律诗,陈维崧作品 」

写胸襟:"男儿身手和谁赌,老来猛气还轩举。人间多少闲狐兔,月里黄沙,此际偏思汝!"英雄失落之悲、猛士踟躅之愤,就在这声色俱厉之语、文词皆烈之句中表达得淋漓尽致。再如《点绛唇·夜宿临洺驿》:

晴髻离离,太行山势如蝌蚪。稗花盈亩,一寸霜皮厚。

赵魏燕韩,历历堪回首。悲风吼,临洺驿口,黄叶中原走。

高大的太行山竟小如蝌蚪,细小的稗花竟大至寸厚,这该是多么出人意表的想象,又该是多么不合常理的描写!但是,这种不合常理的意象,却合乎词人的至情。在词人的心目中,现实社会就如此颠倒错乱。这一意象与词中描写的大地悲风怒吼、中原黄叶狂走的意象,构成了恢宏诡丽的意境,真实地托出了词人悲凉慷慨、浩茫凄楚的情怀。词中太行山和稗花的意象,是采用比喻和夸张手法表现的。陈词大量采用了这一手法,如《贺新郎·纤夫词》写纤夫拉纤之苦云:"此去三江牵百丈,雪浪排樯夜吼。"《沁园春·题徐渭〈钟山梅花图〉》写梅树之繁茂美丽云:"十万

琼枝,矫若银虬,翩若玉鲸。"这样以丰富奇伟的想象为基础、以深沉强烈的感情为动力的新奇比喻和大胆夸张的运用,大大增强了陈词的浪漫主义审美效应。

宜兴,古称"阳羡"。受陈维崧影响,一批词人相与唱和、从风同调,形成了以陈维崧为宗师、盛于康熙前期词坛的"阳羡派"。这一词派,成员众多,除陈维崧之外,以词名世者就有数十人,如任绳隗、徐喈凤、史唯圆、曹亮武、万树、蒋景祁、董儒龙及陈维崧的二弟陈维嵋、三弟陈维岳、堂弟陈维岱、嗣子陈履端、从侄陈枋等,都有词集。而陈氏兄弟子侄,是其核心。陈维岳甚至有与陈维崧并伦之誉。这一词派的创作,以陈词为代表,"敢拈大题目,出大意义",多咏国家兴亡、民生疾苦和个人悲慨,表达了清初特定时代里凄苦感伤的社会情绪,风格激越苍凉、骨力遒劲、雄豪奔放、恢诡奇丽。

反映时代苦难、表达社会情绪而创作胆大力沉的"阳羡词派",尽管在清初影响很大,却未遵儒家诗教、不合统治者口味而具有"别调"音声、在野色彩。当清王朝巩固政权、步入"盛世"之后,慷慨悲歌的"阳羡词派"便在文网密织的社会环境中式微了。

浙江秀水(今嘉兴)人朱彝尊(公元1629—1709年),博学工诗词,明亡后一度交结志士、图谋恢复,因失败而远游避祸。康熙以博学鸿词科招纳士大夫,乃于康熙十八年(公元1679年)应举出仕,却并不如意,不久罢官家居,寄情山水,著述自娱。

在康熙朝,朱彝尊是与王士禛(公元1634—1711年)齐名的诗坛大家,时有"南北二大宗"之称。他论诗终以"缘情"为是,主张"自鸣其异",反对模拟古人,强调以经史为本源、以学问为功底。他的早期诗作,往往感事伤时,抒写亡国哀痛、百姓苦难。如《马草行》《女耕田行》,揭露和抨击了官吏对百姓横征暴敛的罪恶行径,愤慨之情溢于言表。

「朱彝尊石刻像」

朱彝尊偏好的还是词，晚年更是呕心填词。他主张师法姜夔、张炎，标举醇雅清空风格。他所作的《解珮令·自题词集》，概括了他的一生经历，说明了他的填词意图，也清楚地阐发了他的词学宗旨：

　　十年磨剑，五陵结客，把平生、涕泪都飘尽。老去填词，一半是，空中传恨。几曾围、燕钗蝉鬓？

　　不师秦七，不师黄九，倚新声、玉田差近。落拓江湖，且分付、歌筵红粉。料封侯、白头无分！

由词人真率切实的自述可知，词人少有大志，豪情满怀，却生不逢时，落拓江湖，以词寄慨，以词传恨，以词娱心；呕心填词，自有所尚，不师黄（庭坚）、秦（观），仰宗姜夔，窃攀张炎，归于醇雅，求在清空；人既儒雅，词当醇雅；平生清空，词风清空。

这曲《卜算子》，颇显朱词特色：

　　残梦绕屏山，小篆消香雾。镇日帘栊一片垂，燕语人无语。

　　庭草已含烟，门柳将飘絮。听遍梨花昨夜风，今日黄昏雨。

词写孤寂女子百无聊赖的情态和苦思恋人的愁绪，却未直接言情述怀，而是通过景物的描绘和环境的烘托，将其情态和愁绪细致入微地表现出来，写景清丽，寓意深婉，文辞工雅，又巧用前人诗词意境，更增醇厚韵味。残梦已断，清景依旧，恋人不归，一切皆空。这首言情小词，寄寓了词人的身世之慨，也令读者惆怅迷惘。

朱彝尊家居时，与人以词唱和，已形成以他为首的浙西词人群体。他应征入京师之际，《词综》问世，龚翔麟又将朱彝尊、李良年、李符、沈登岸、沈皞日及自己的词作合刻成《浙西六家词》，"浙西词派"于是立帜词坛。由于朱彝尊一度宣扬词"大都欢愉之辞，工者十九"、"宜于宴嬉逸乐，以歌咏太平"（《紫云词序》），因此顺应了封建统治者的要求，适合了封建盛世中士大夫的口味，趋风步武者甚众，致使"浙西词派"

「朱彝尊手书对联」

成为清代绵延百年、影响巨大的文学流派。可是,趋风步武者争效朱词咏物绘景而句琢字炼,却遗弃朱词缘情造境的精神,以至于不涉现实、不见性情而唯以饾饤堆砌为能事。"浙西词派"便绵延愈久,流弊愈大。

雍、乾年间(公元1723—1795年),"浙西词派"已形成分布于江、浙各地的几个词人群。其中继朱彝尊而涌现的词派中坚,是钱塘(今杭州)人厉鹗(公元1692—1752年)。博洽群书、尤精宋史的厉鹗,无缘仕进,长年客居扬州,潜心著述。他尤工于词,词学宗旨大抵同于朱说,并针对"浙西词派"流弊而强调"性情"和"清空"。他的词作,既抒写性情,又具清空灵秀之美。这曲《谒金门》,受到清人的激赏:

凭画槛,雨洗秋浓人淡。隔水残霞明冉冉,小山三四点。

艇子几时同泛?待折荷花临鉴。日日绿盘疏粉艳,西风无处减。

词写西湖雨后景色,含蓄地表达了词人寄情山水却又所求不得的哀怨,清凉之景托出了空幻之感,秀雅之辞寓含醇厚之意。清人对厉词评价很高,称其"生香异色,无半点烟火气,如入空山,如闻流泉,真沐浴于白石、梅豀而出之者";"清真雅正,超然神解;如

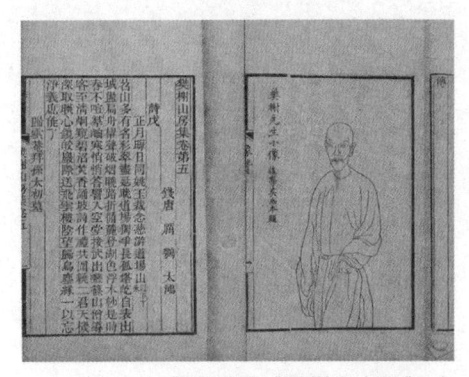

「厉鹗著《樊榭山房集》」

金石之有声,而玉之声清越;如草木之有花,而兰之味芬芳";"拔帜于陈、朱之外,窈曲幽深,自是高境"。(龙榆生《近三百年名家词选·厉鹗集评》)但就厉词总体来看,仍觉措词虽雅而情意稍薄。

至嘉、道年间(公元1796—1850年),"浙西词派"虽然作手辈出,却终难挽其颓势,于是有郭麐(公元1767—1831年)继"思变"的吴锡麒(公元1746—1818年)之后,欲济以性情而变革堆垛饾饤、空泛无物的词风。然而,时过境迁,风光不再,"浙西词派"已经了无生机了。

当"浙西词派"衰颓之时,张惠言力矫其流弊,倡词学新论,创"常州词派"。

张惠言（公元1761—1802年），江苏武进（今常州）人，自幼孤贫，勤奋向学，是乾、嘉之际著名的经学家。对社会矛盾突显的现实有所体察的他，有感于"浙西词派"的流弊，于是顺时因势，总结词学，与弟张琦遴选唐、宋两代44家160首词，并附录常州同乡恽敬、左辅、黄景仁、李兆洛、丁履恒、钱季重、陆继辂等人的词作编为《词选》。在《词选序》中，他阐明自己追本探源的词学见解。他推尊温庭筠词，称"其言深美闳约"。张的词作，即能"缘情造端，兴于微言"，采用比兴寄托手法，创造寓意于象、以象见意的艺术境界，求得"深美闳约"的艺术效果。《木兰花慢·杨花》，缘情而咏物，句句歌咏杨花，又句句写照自我，全用比拟，无语道破，"低徊要眇，以喻其致"。《水调歌头·春日赋示杨生子掞》五首，被誉为"胸襟学问，酝酿喷薄而出；赋手文心，开依声家未有之境"（谭献《箧中词》）。其一云：

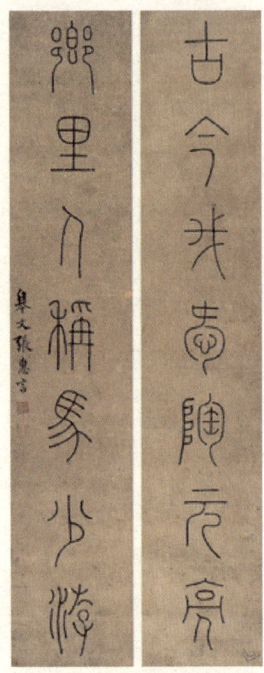

「张惠言篆书联」

东风无一事，妆出万重花。闲来阅遍花影，惟有月钩斜。我有江南铁笛，要倚一枝香雪，吹彻玉城霞。清影渺难即，飞絮满天涯。

飘然去，吾与汝，泛云槎。东皇一笑相语：芳意在谁家？难道春花开落，更是春风来去，便了却韶华？花外春来路，芳草不曾遮。

词人感物而发，咏春托情，借对春景的描绘，表达对世事的感慨；通过新奇浪漫的想象、比兴象征的手法、恣纵奔放的表现，创造高旷深闳的艺术境界，含蓄地托出志向高远的情怀和韶华易去、壮志难酬的忧思。

《词选》印行，广为流传，"常州词派"也称名词坛。不过，《词选》中附录的常州词人的作品，虽然向来被视为早期"常州词派"的创作，但实际上并未都合张惠言的词学理论，词风也不尽相类。张氏兄弟的弟子和后辈，倒是尊奉张惠言的词学宗旨，只是在理论和创作上成就不大。直至周济深为论词，大畅张说，世所仰宗，"常州词派"于是主盟词坛。

周济（公元1781—1839年），荆溪（今江苏宜兴）人，少有大志，

清 代

热衷功名，后弃他求，隐居金陵，闭门撰述。他发挥张惠言的词学理论，指出词犹如诗，应是由衷之言，强调"夫词，非寄托不入，专寄托不出"，即情与景偕、意与境合的艺术表现，推尊北宋词以矫"浙西词派"流弊，并对词作方法作有具体阐论。周论虽承张说，却能独具手眼，因而影响深巨。周词诚然"非寄托不入"，却往往是"专寄托不出"了，缘其意象而难求其真意。如这曲《蝶恋花》：

柳絮年年三月暮，断送莺花，十里湖边路。万转千回无落处，随侬只恁低低去。

满眼颓垣欹病树，纵有余英，不值风姨妒。烟里黄沙遮不住，河流日夜东南注。

词写得深闳浑厚，但寄何感慨，就只能让读者揣度了。因此，论者认为，周济的词作难副其词论。周济之所以成为"常州词派"的中坚，也主要在于他继承张惠言而大畅其旨的理论建树上。

同治、光绪年间（公元1862—1908年），丹徒（今镇江）人庄棫（公元1830—1878年）、杭州人谭献（公元1832—1901年）、丹徒人陈廷焯（公元1853—1892年）等，又分别发挥"常州词派"理论，并于词的创作上有所成就。号称"清季四大家"的王鹏运（公元1849—1904年）、朱祖谋（公元1847—1931年）、郑文焯（公元1856—1918年）、况周颐（公元1859—1926年），皆承"常州词派"余绪而发扬光大之，成为影响很大的词学家兼词人。"四大家"门人众多，"常州词派"的流风余响也至现代未绝。

图书在版编目（CIP）数据

古典诗词 / 楚兰，荆荃著. —武汉：长江出版社，2019.6（2023.1重印）
（长江文明之旅丛书. 文学艺术篇）
ISBN 978-7-5492-6535-0

Ⅰ. ①古… Ⅱ. ①楚…②荆… Ⅲ. ①古典诗歌—作品集—中国 Ⅳ. ①I222

中国版本图书馆CIP数据核字（2019）第105291号

项目统筹：张　树
责任编辑：张　蔓　王　珺
封面设计：刘斯佳

古典诗词

刘玉堂　王玉德　总主编　楚兰　荆荃　著
出版发行：上海科学技术文献出版社
地　　址：上海市长乐路746号　200040
出版发行：长江出版社
地　　址：武汉市解放大道1863号　430010
经　　销：各地新华书店
印　　刷：中印南方印刷有限公司
规　　格：710mm×1000mm　1/16
印　　张：10.5
字　　数：143千字
版　　次：2019年6月第1版　2023年1月第2次印刷
书　　号：ISBN 978-7-5492-6535-0
定　　价：39.80元

（版权所有　翻版必究　印装有误　负责调换）

热衷功名，后弃他求，隐居金陵，闭门撰述。他发挥张惠言的词学理论，指出词犹如诗，应是由衷之言，强调"夫词，非寄托不入，专寄托不出"，即情与景偕、意与境合的艺术表现，推尊北宋词以矫"浙西词派"流弊，并对词作方法作有具体阐论。周论虽承张说，却能独具手眼，因而影响深巨。周词诚然"非寄托不入"，却往往是"专寄托不出"了，缘其意象而难求其真意。如这曲《蝶恋花》：

柳絮年年三月暮，断送莺花，十里湖边路。万转千
回无落处，随侬只恁低低去。
满眼颓垣欹病树，纵有余英，不值风姨妒。烟里黄
沙遮不住，河流日夜东南注。

词写得深闳浑厚，但寄何感慨，就只能让读者揣度了。因此，论者认为，周济的词作难副其词论。周济之所以成为"常州词派"的中坚，也主要在于他继承张惠言而大畅其旨的理论建树上。

同治、光绪年间（公元1862—1908年），丹徒（今镇江）人庄棫（公元1830—1878年）、杭州人谭献（公元1832—1901年）、丹徒人陈廷焯（公元1853—1892年）等，又分别发挥"常州词派"理论，并于词的创作上有所成就。号称"清季四大家"的王鹏运（公元1849—1904年）、朱祖谋（公元1847—1931年）、郑文焯（公元1856—1918年）、况周颐（公元1859—1926年），皆承"常州词派"余绪而发扬光大之，成为影响很大的词学家兼词人。"四大家"门人众多，"常州词派"的流风余响也至现代未绝。

图书在版编目（CIP）数据

古典诗词 / 楚兰，荆荃著. —武汉：长江出版社，2019.6（2023.1重印）

（长江文明之旅丛书. 文学艺术篇）

ISBN 978-7-5492-6535-0

Ⅰ.①古… Ⅱ.①楚…②荆… Ⅲ.①古典诗歌—作品集—中国 Ⅳ.①I222

中国版本图书馆 CIP 数据核字（2019）第 105291 号

项目统筹：张　树
责任编辑：张　蔓　　王　珺
封面设计：刘斯佳

古典诗词

刘玉堂　　王玉德　总主编　　楚兰　荆荃　著

出版发行	: 上海科学技术文献出版社
地　　址	: 上海市长乐路 746 号　200040
出版发行	: 长江出版社
地　　址	: 武汉市解放大道 1863 号　430010
经　　销	: 各地新华书店
印　　刷	: 中印南方印刷有限公司
规　　格	: 710mm×1000mm　1/16
印　　张	: 10.5
字　　数	: 143 千字
版　　次	: 2019 年 6 月第 1 版　2023 年 1 月第 2 次印刷
书　　号	: ISBN 978-7-5492-6535-0
定　　价	: 39.80 元

（版权所有　翻版必究　印装有误　负责调换）